花开北碚山间

蒋登科 周洪玲 主编

西南师范大学出版社
国家一级出版社 全国百佳图书出版单位

图书在版编目（CIP）数据

花开北碚山水间 / 蒋登科，周洪玲主编. 一 重庆 ： 西南师范大学出版社，2020.2
ISBN 978-7-5697-0157-9

Ⅰ. ①花… Ⅱ. ①蒋… ②周… Ⅲ. ①诗集－中国－当代②散文集－中国－当代 Ⅳ. ①I217.1

中国版本图书馆CIP数据核字(2020)第016208号

花开北碚山水间

HUAKAI BEIBEI SHANSHUI JIAN

主　　编： 蒋登科　周洪玲
副 主 编： 王思屹　张　昊
责任编辑： 张昊越
责任校对： 李　君
装帧设计： 尚品视觉 CASTALY　周　娟　何欢欢　刘　玲
出版发行： 西南师范大学出版社
地址：重庆市北碚区天生路2号
邮编：400715
网址：http://www.xscbs.com
印　　刷： 重庆友源印务有限公司
幅面尺寸： 145mm×210mm
印　　张： 7.125
字　　数： 146千字
版　　次： 2020年10月 第1版
印　　次： 2020年10月 第1次印刷
书　　号： ISBN 978-7-5697-0157-9
定　　价： 58.00元

编选前记

BIANXUAN QIANJI

北碚之美是非常有名的。

北碚有美丽的自然风光。国家级风景名胜区缙云山物种丰富，气候湿润，空气清新，是重庆主城的肺叶，闻名遐迩；北温泉历史悠久，泉水潺潺，涓流千古不息；嘉陵江小三峡绿水青山，风光秀美；磨滩瀑布是重庆主城最大的瀑布，雨季时节，飞流直下，气势恢宏；金刀峡可以称为奇观，绵延数公里的峡谷凉风习习，风光旖旎，野生猕猴趣味盎然；美丽乡村随处可见，春有李花梨花桃花盛开，冬有蜡梅绽放；胜天湖、海底沟等水库体现了人定胜天的伟力，由此延伸的输水灌渠，时而匍匐前行，时而高悬头顶，像是大地的血脉，滋润着这方沃土。

北碚有深厚的历史文化底蕴。东阳郡、缙云山、北温泉传承着北碚文脉；李商隐的一首《夜雨寄北》赋予了北碚浓郁诗意，传诵千年；偏岩古镇是国家级历史文化名镇，古老的石板路、斑驳的戏楼诉说着久远的历史，清澈的小溪、勃勃生长的黄葛树引人遐想；北碚是中国现代乡村建设的典范，开始于20世纪20年代的规划和建设具有国际眼光，至今还显现着独特的魅力；抗战时期，北碚作为“小陪都”，大批文化名家、政界名流、科技专家汇聚碚城，形成了“三千名流汇北碚”的盛况，留下了大量的历史、文化资源；以重庆自然博物馆、北碚博物馆、卢作孚纪念馆、张自忠烈士陵园、雅舍、老舍旧居、缙云寺、温泉寺等为代表的文物古迹和纪念馆、展览馆、名人旧居等星罗棋布，使北碚拥有“百馆之城”的美誉。

北碚有潜力无限的未来。偌大的重庆，同时拥有两江新区、高新区、自贸区“三区叠加”身份的只有北碚。短短不到二十年，作为历史文化名城的北碚，在延续着沧桑文脉的同时，华丽转身，成为充满活力与潜力的高新科技城。在北碚，你可以感受最醇厚的历史文化，可以体验最先进的智能科技，可以深深感受到一座新城的魅力与活力。

为了在新时代传承好、发扬好北碚文脉，让文化北碚在新时代焕发新生机，2017 年 11 月 10—11 日，北碚区委宣传部、北碚区文联和重庆晚报社联合举办了著名作家北碚行采风活动，一些知名作家深入北碚体验生活，创作了一批以诗歌、散文为主的文学作品，从不同侧面书写北碚之美。《重庆晚报》收集到大量作品，并开设专栏发表了其中的一部分。此外，近年来，北碚区作家协会先后举办、承办了多次文艺采风创作活动，例如 2017 年的“碚城秋韵诗歌笔会”，2018 年的第四届“玉兰诗会”、第二届“碚城秋韵诗歌笔会”、澄江“深入乡村看发展”采风活动，2019 年的“蜡梅飘香绕静观”创作采风活动等。这些活动征集到了大量书写北碚新发展、新变化的优秀作品，我们择优选入了文集。同时，我们还在一些报刊上收集到一些和北碚有关的作品。不少诗人、作家来到北碚之后，留下了不少佳作，为北碚文化的传承、创新做出了贡献。于是有了这本《花开北碚山水间》的文集。文集共分为三辑，“多情北碚”主要收录了诗歌作品，大致按照新诗、散文诗、旧体诗词的顺序排序；“花开高山流水间”主要收录了描写北碚自然人文风光的散文作品；“巴山明珠新北碚”主要收录了反映北碚新发展、新变迁的散文作品。文集中的这些作品，都或多或少地涉及了北碚的自然、历史、文化和未来，对于我们了解北碚，读懂北碚，或许具有一定的帮助。尤其是，这些作品都是诗人、作家们关注北碚、体验北碚之后的心血之作，我们可以从中感受到他们对北碚的情与爱。

我们对所有关注、关心北碚的诗人、作家表示感谢。欢迎大家时常到北碚做客，在这座“百馆之城”，体验文化北碚的魅力；在这座山水林泉峡齐备的城市，感受自在北碚的悠然；在这座“三区叠加”的城市，体验科技北碚、潜力北碚的活力与魅力。在北碚，总有一些地方、一些方式适合你的心情和想象，带给你眼前一亮的开阔与回味。

由于本书属于自筹经费出版，暂时没有稿酬；有些作者，我们也暂时无法取得联系，如果作者见到此书，请和我们联系，我们将奉上样书。

编　者

2020年6月15日

目录

MULU

多情北碚

花开高山流水间

巴山明珠新北碚

多情北碚

◎吕 进

多情北碚

是时候了，我要写一首诗
因为在这里，诗歌到处都在生长
多情的小城，青春的小城
我的笔尖已经蘸满阳光

我的诗句从五千年前的巴国走来
走到重庆的后花园，文化的殿堂
我的诗句，从北温泉出发
流向遥远，流向未来，飞向梦想

啊，我的八十万亲人
北碚将在我的诗里不朽
啊，七百五十五平方公里的土地
我的诗也将和你一起永远辉煌

» 吕进，西南大学教授，重庆市文联荣誉主席，全国文学奖评委、鲁迅文学奖评委。

◎ 傅天琳

我的北碚

在离北碚还有三十公里的地方
空气中就飘来炊烟的气味
家的气味，亲人的气味
整片秋天被高速路分开
我带着一座花园在飞奔

我磅礴的相思
早已交给雨的手指抹绿崇山峻岭
只有翅膀才能为我们带来天空
在我梦中，集合了多少缙云山的鸟群

我一刻也没有停下的笔
奋力追赶你的桥梁，道路，古镇，新区
一天天一年年，我在你光里播种
吸入你山涧的水，嘉陵江的水
吸入你水一样源远流长的文化和精神

我站在夕阳的边上
却感觉内心有一颗朝阳正冉冉升起
我从曾经的一枚果核里走出来
放眼我的北碚
万象更新，如孔雀频频开屏

鸟声如此之宽，乾坤如此之大
爱情如此之醉，芳香如此之深
即使每一片叶子都写着家的地址
我还是迷路于家门口
迷路于这个锦绣的早晨

我是你熟悉的诗歌的老黄牛
把头埋进你的青草，那样地憨愚、陶醉
第一道车辙就是我最新鲜的诗行
写在刚刚贯通的隧道
水泥味尚未散尽

我还是你坡地的那棵萝卜
被命运的酱汁反复腌制，百味丛生
还是你矮小的灌木，昂扬的枝叶
磨难和信念把希望赐予了一个柔弱的人
我还是你的云你的雾
那么软，那么轻

狮子峰站在云上与我对视
我的肺里有你松涛汹涌的声音
而此时我却找不到词语
我只能匍匐在地。匍匐在地啊，亲吻你
亲吻你泥土里的乳汁，泥土里的根

» 傅天琳，中国诗歌学会副会长，重庆新诗学会会长，鲁迅文学奖获得者。

◎ 傅天琳

四片叶子（四首）

致敬曾冕

一个老人，他一生要做的
就是取出鲜橙里的阳光和雨水
他必须首先让自己
潜伏在一棵树的基因里
从发芽开始，缓慢地生长
所以他活在速度之外
急功近利之外
他能准确测出一朵花香的重量
从一千亩的风中，酿制出
一万亩的蜜来
他把自己放在山山水水之间
披星戴月，沐风栉雨
率领庞大的芸香科家族
在长江之南打下锦绣江山
这些有骨有血有情有义的树啊
年年秋天都会挽着他的衣袖
走下石阶，盛装出席大典

柑橘园

曾经给过我一千只蝴蝶
一千片叶子，一千亩春天的柑橘园啊
你把花朵和波涛
都同时刻写在我的履历表上了
我和我的姐妹
用勤劳和最大的敬意
对待这群四季不落叶
糖酸比最为适度，甚至
长着肚脐的植物精灵，认定
与你同宗，与你血缘相近
汁液如此饱满，口齿如此清新
我住进你的脏腑
听你血液里的水声。日复一日
我就是一个被果汁灌醉的诗人

果园诗人

我在历数我的种种愚钝和过错
这辈子是否能做成一个诗人
仅仅一片柑橘园的诗人
沿着叶脉走一条浅显的路
反复咏叹，反复咀嚼月光和忧伤
这片林子是和我的青春一起栽种
和我的幸福一起萌芽的
就是心痛，也要痛在你的树上
曾经以为仅仅做你的诗人，太小
这是何其难得的小啊，我又是何其轻薄
果园，请再次接纳我
为我打开芬芳的城门吧
为我胸前佩戴簇新的风暴吧
我要继续蘸着露水为你写
让花朵们因我的诗加紧恋爱
让落叶因我的诗得到安慰

林中

林中，她情不自禁打开全身呼吸
任一种液状的光灌进去
热热的，小虫虫爬过痒痒的
回肠荡气的感觉
从头顶直到足心
真好！一滴汗，一滴善，一滴纯
毕生不能没有的一滴之轻
她如此沉浸于自己的忏悔
她在外面世界转了多久
全身裹满多少灰尘

◎【韩国】许世旭

怀北碚

雾浓的日子，总是舒适
仅见我走着的几步路
仅见我站着的一块地
仅见与我携手的人
连同行的鼻子也朦胧起来

昏沉白日，染上了桌灯
淅淅霏霏的黄昏细雨中
步出专家楼的小院又拐几个角儿
远见袅袅的寒烟古驿
近见温馨的柳枝纱灯

每逢四合薄暮时，我挥着马棒
风衣飘飘地带领“四条汉子”
解渴解颜，对酒当歌之后
就把踉跄身影印给泥路上的
那师生一伙的幸福岁月

吠日的地方做客好
坡下有清瘦的高个子站着
供我一个夜也吃不饱的火锅
风呼呼的清晨，电话响了
叫醒过正要步入天涯那边

» 许世旭（1934—2010），韩国著名汉学家，历任韩国中语中文学会会长、韩国现代文学学会会长、美国加州大学伯克利分校大学研究员、中国复旦大学顾问教授、西南大学中国新诗研究所客座教授等。

◎ 王明凯

不能只在客厅里溜达

到北碚做客
不能只在客厅里溜达
泡一壶茶，听梧桐翻书
举一盏酒，赏玉兰升花

到院子里去吧
前庭的桃花李花，一茬一茬开了
后院的柠檬橘子，一季一季黄了
绍龙观和缙云寺传来暮鼓晨钟
小陪都、金刀峡和恐龙们的新家园
都已经是昨天的故事

到户外去吧
借十月的菊朵手搭凉棚
你会惊叹，嘉陵江是位伟大的作家

阳光、沙滩、大草坪
高楼、洋房、大别墅
风声、雨声、读书声
都是它在臂弯的蜿蜒里，书写的诗行

如果没有熟人带路
也没有手机导航
你一定会在家门口迷失方向
昔日无路的旷野与滩头
大数据种出一棵一棵的树
云计算开出一朵一朵的花
机器人旖旎着，捧出一盘一盘丰盈的微笑

还可以，穿过隧道与轨道的风花雪月
到十里温泉城去放牧心情和目光
食指将手机钱包轻轻一点
日子就在悦榕庄的舒适里心旷神怡
用流淌千年的温汤给身心沐个浴
缪斯就会款款而来，在你的额头瞭望远方

……………………………………………………

》王明凯，中国民协理事、重庆市民协常务副主席、重庆市作家协会荣誉副主席、重庆市政协委员。

◎ 王明凯

走在北碚的风光里（三首）

金刀峡

来了金刀峡，才知道金刀的故事
你的侠肝义胆，喂壮了风
那位被你赐予金刀的人
安得猛士守四方，成了抗倭将军

嗟叹你的山也雄，峡也险
刀劈斧削一线天
十里栈道挂危岩
仰首古藤千千垂
侧耳鸟鸣声声漫

嗟叹你的洞也幽，水也秀
珍乳奇钟如飞鸟
深潭长滩可行船
举目飞泉层层叠
碧水溅珠湿裙边

哦，金刀，这一座山，是你劈开的吗
这一条缝，是你劈开的吗
惊魂台不言，藏刀洞不言
悬天瀑不言，一线天不言
烟雨曼妙处，有玉人娉婷而出
顺着你的风，拾级而上

缙云山

还记得吗，缙云山
情不自禁是我的初恋
我在你的林涛里大呼小叫
我在你的涧水边手舞足蹈
亲亲的缙云山，我来了
来看你的青春风姿绰约
来睹你的芳容风华正茂

在朝日峰，你指我翘首举目看日出
在香炉峰，你教我倒竖香炉吮酒香
在狮子峰，你领我登高临虚夸真武
在夕照峰，你笑我搜肠刮肚赞夕阳
我在你的美丽中呼吸、奔跑
头上云蒸霞蔚，心中爱意缭绕

今天，我又来了
不去莲花峰采莲花
不去海螺洞听螺号
我在石照壁，寻你缙云寺的足迹
我在墓塔林，读你白云观的履历
置身茫茫林海，极目浩浩嘉陵
你的白云将我簇拥
你的红云把我照耀
心景缙云的红花红了，白花白了
金果园的橙子圆了，柠檬黄了
我看见你脚底下的千里辽阔
在赤多白少的蓝天下
谦虚谨慎，郁郁苍苍

北温泉

从沧桑的血管中流出来
从嶙峋的骨缝中流出来
拥一方幽翠依山傍水
端一盆琼浆碧水涟涟
一听你的名字我就冬暖夏凉
哦，我心心念念的北温泉

多少次梦寐，多少次叨念
去你纯净的温润里
无忧无虑地盛开
去你柔软的血液里
自由自在地徜徉
去你婆娑的倒影里
玉树临风地飞扬

多盼望梦想成真啊
泡在水中，我会成你的水
那些曾经吹过的风
那些曾经淋过的雨
都在你的奔涌里，展翅奔涌
游在水中，我会成你的鱼
那些曾经走过的路
那些曾经跨过的桥
都在你的洋溢里，热情洋溢
站在水中，我会成你的树
那些曾经握过的手
那些曾经流过的泪
都在你的安详里，光亮安详

◎ 华万里

回忆金刀峡

那是在春天以北，一个有金刀的峡谷

风从岩石的内部吹来
我从另一个时代找回一口钟，我从
另一种铸铁，听到我
最初的回声

这是幽深的苍翠
涧水雷鸣

闪电般的鸟群，抬着一座大海吹奏
古老的林木
已不同于婴孩，最低的山前
是我最高的悲痛

在琥珀中孕育的雨滴，悄悄落下

有什么在道上走动
转折的时候
总会碰到一些回身的东西

像吹散墨水中的乌云，我向上仰的脸上
天空如同峡谷
我向上仰的眼眯成一条缝，鹰在缝中
天在缝中，泪
在缝中

那绝不是破碎的玻璃
梦在把梦
唤醒

我听到的是重峦叠嶂的问题和回响

我失落了金刀，所以
不能
在词语中披荆斩棘

春天在往南移动，独游的人
要有相当的深度

» 华万里，中国作家协会会员，曾参加《诗刊》首届“青春回眸”诗会。诗作及散文获四川省一、二届文学奖等省市级以上奖励40余项。

◎张 华

北碚北碚

北碚北碚，已经有
无血无肉无杂念的
——机器人
北碚北碚，早已有
有血有肉有灵魂的
——文化人

雅舍原本不雅
何来幽篁掩映
更无花团锦簇
甚至连门牌号码
也在轰炸声声中灰飞烟灭
那位余杭才子
却固执地铺平了大俗
写出了活色生香的大雅：
“生死是一件事儿
有生即有死
有死方有生”

“你走，我不送你
你回来，不管狂风暴雨
我都会去接你”

他的小品绝非白开水
他的小品更非流水账
在国破山河在的日子里
他的小品寄往沦陷区
就是家书抵万金
他的小品发往抗日前沿地
就是排山倒海的动员令

老舍原本不老
不惑之年正当年
还是在这缙云山麓
他一管狼毫
他一笔小楷
驱遣百万字百万雄师
筑起了《四世同堂》
祁家人，钱家人，冠家人
面对血淋淋的倭寇刀

自惶惑走向不屈
从不屈迈向反抗
“为雪国耻身先去
重整河山待后生”
家族绵绵不绝
民族生生不息
泱泱华夏齐欢庆
永生永世大同堂

吴宓何曾有宓
他何曾心如止水
他打坐，便坐成了
国学院的掌门人
王国维，梁启超，
赵元任，陈寅恪
……
好一派群星灿烂
他则是众星拱卫的北辰
他伫立，则立成了
好一棵参天大树

钱锺书，徐中舒，
吕叔湘，王佐良
……
吴氏桃李满天下

中西贯通于心
古今交融于怀
中文系，历史系，外语系
他移步换形诉不尽字字珠玑
你很难确认
他是何方神圣
你又不能不叹服
在每一个行当
他都是煌煌大家
所以然，他偏居西师文化村
中国比较文学
一代代徒子徒孙
还是任性地
“认他为父”

北碚北碚，只缘有了
无血无肉无杂念的机器人
所以才能聚精会神谋发展
北碚北碚，更因有了
有血有肉有灵魂的文化人
所以才能边走边唱向前进

……………………………………………………………………

» 张华，重庆纪实文学研究会副会长，重庆新诗学会副会长，《银河系》诗刊副主编。

◎秦 俭

静观蜡梅

是谁把相思的珠泪
冻成温润的蜡颗
串在树梢

是谁把十五的圆月
酿成醇洌的花蜜
盛满枝头

你思念的暗香
漫散如雾
悄悄浸透
我每一寸肌肤

绾 一缕幽思在腕
饮 一盏芬馥清甘
为几许
疏影横斜水清浅的绰约
沉醉一场

撷 一缕素心如简
静观
你额间的一点娇黄
慢慢将时光染香

………………………………………………………………………………

» 秦俭，重庆市北碚区作家协会会员，西南师范大学出版社副编审。

◎ 刘秋娟

对山居观梅有感

疑是春色入眼来
一朵花开响遍满城山谷
凭简素之姿
因此味幽香
浸染
这片静观小镇

有心看花人
闻声而动
不惧车马劳顿
无碍路窄难寻

如此
方赶上这场盛放
终不负两相情意

花香掬来做伴
鸟传悦耳清音
青竹唱和曳摇风丝
红梅枝头热闹
碧溪环绕数人家

往后的日子
无数的日子
但想
花木繁养
对山而居

» 刘秋娟，重庆市作家协会会员，西南大学附属中学教师。

◎杨 康

北碚的美是宁静的美

北碚是一块巨大的磁铁
路过此地的江水，速度一再缓和
仿佛嘉陵江的水流着流着就静止了
像一个人正在歌唱
唱着唱着，歌声就飞到云端若有若无
而江底的鹅卵石上
已经覆满厚厚的青苔，厚厚的时光

远一点的缙云山静若处子
怀抱着这座古老的城市
怀抱着李商隐曾经写下的诗句
沿着缙云山步道，我一步步向上攀登
在幽幽翠竹与参天古木之间行走
卸下尘世的疲惫
点一盏心灯，点燃内心的宁静无限

行走北碚，我必须放慢脚步
行走西大校园，我必须屏住呼吸
这里的每一粒土都光芒闪烁，每一株植物
都学识丰富。在这里
要学会呼吸英雄的气息。走在他们
曾经走过的路上，我念着英雄们的名字
卢作孚，郭沫若，袁隆平，向仲怀……

北碚的美是宁静的美，像水
也像山，更像这些时代的英雄们
在时光的流逝中，这样的美不断堆积扩大
北碚的美是辽阔的美，也是持久的美
由美而筑起的一个崭新的北碚
屹立在每一双明亮的眼睛面前
而这样的美更在我心中，我心中的北碚

» 杨康，鲁迅文学院高研班学员、中国作家协会会员，现为北京师范大学与鲁迅文学院联办的研究生作家班学员。

◎ 李自平

北碚印象（三首）

诗意北碚

顺着一首唐诗的韵脚
摇摇晃晃走进北碚
一茬又一茬的平仄
迎着春风发芽

满腹情歌和风声
浓得化不开的愁绪
高高挂在枝头
错落的章节
在巴山长成风景

我提着陈年老酒
在狮子峰前
数着一个又一个名字
念着一首又一首古诗
从古至今
华丽得像串珠子

相望缙云山

李商隐笔管中的夜雨
从唐朝落到今晚
淋湿了我的脸颊
淋湿了厚重的历史

一晚接一晚
一年又一年
西窗前的池水
渐渐漫过山腰
缙云山的高度
在沿着时间上涨

带着虔诚和向往
在缙云寺前集结
成群的飞鸟
成荫的古木
我都相见恨晚

夜游嘉陵江

月光洒在水面
波光粼粼的意境
像一孔诗眼
铺在嘉陵江上

沿着江心摆渡
金刚碑　北温泉
历史深处的繁华
在梦境里穿梭

弯曲的河岸线
比秋风还瘦
我退到温润的峡口
等待如水的情歌

» 李自平，重庆市作家协会会员、重庆散文学会理事。

◎斯　原

西南大学（三首）

名人雕像

大学，似乎就是
能够让死人复活，活人永生之地
在这里就有好多个这样的人

校门口高高站立的是毛泽东
楼下的巨大头颅是爱因斯坦
邹韬奋复活在一片绿荫之中
吴宓永生在历史、中文教授岗位
威廉·冯特继续考虑心理问题
麦克卢汉仍然没有离开传媒专业
一支香烟燃烧在鲁迅的手指
后学者常常来体悟陶行知的眼神
……

然而他们并不知晓
学校正在以此种高超技艺
铸造莘莘学子的灵魂

中国新诗研究所

这么小一个所
竟成为那么大一个市的名片
诗人们都知道来到重庆
最动心的是美女、火锅、新诗所

三十多年了，中国第一家
新诗研究机构，他们吃了饭
不干别的，专门绞尽脑汁
斟酌、揣摩、掂掇新诗这个东西
渐次把自己打造成诗的圣地
小心供养着诗的灵魂

每过两三年，世界各路诗的神仙
都要朝圣般来此聚会
交流各自潜心修炼之所得
看，虔诚至极、喜形于色的他们

图书馆

向上攀登的时候
心里想着那座古老的鹳雀楼
上去往四周一看
果然有了一双千里目
如今到处难觅
风吹草低见牛羊的景观
在这里却找到了答案
原来草被贪婪的牛儿羊儿吃掉了

又一次感到欣慰
啊，有这么多水滋润一生的干渴
又一次感到恐怖
哦，游不出大海必将被它淹死

» 斯原，中国作家协会会员，重庆新诗学会副会长，1973 年开始发表作品，出版有诗集、诗论集多种。

◎熊 辉

嘉陵江上的秋夜

秋风穿过峡谷的黄昏
嘉陵江岸的乱石冰冷萧瑟
江面倒映出沿路风景的褶皱
江心的白雾顺流而下

芦苇丛枯萎的腰肢不再妩媚
乌篷船停靠的地方人迹罕至
犹有川江号子响彻夜空
召回远古生活的坚韧与恬淡

返身即是灯火阑珊
而我却执意面朝奔流的江水
对岸山中的禅寺升起了烟火
我享受着来自隔世的宁静

午夜梦回

江上的船声悠悠地在耳边回荡

冥冥中又似年少旧时光

无邪的灵魂在湖光山色中恣意徜徉

……………………………………………………………………

» 熊辉，教授，博士生导师，主要从事中国现代诗学及翻译文学研究，兼事诗歌评论，现供职于西南大学中国新诗研究所。

◎ 月若初见

古街，我再次走来

春江水暖。青山，绿江，滩涂，芦苇
依序走向镜头和画笔，讲述自己的故事

岸的枝丫，入江垂钓流动的春色
垂钓葱茏的记忆，粉红的花朵

有人漫步滩涂，看一江春水
如何细细地浸润，又如何悄无声息地隐退

有白鸟悄然掠过，一条晶亮的水花
扬出水面。涟漪随风扩散，若一个梦

这些细节，来自一条古街。曾经有怎样的繁华
如今有怎样的荒芜。荒芜中依然隐含，一触即发的蓬勃

浓浓密密的芦苇，风中飞舞，守护纯净的水域。这是我
相信江水不竭的理由。心中古镇，清泉永在

……………………………………………

» 月若初见，本名杨启灵，重庆市作家协会会员。

◎安 卡

歇马的女人（外一章）

来到歇马，我便是歇马的女人。

我是素颜来的，很恰当的掩饰了我内心的浓妆。

这是我的歇马，有着九百年的高龄。曾经的兵亭邮站，六百里加急文书被历史摁在光阴里，厚重得遥远。而我，年纪尚轻且薄如纸片，只能在集邮的册子里寻找我与歇马的一点点关联。

这是北碚的西南角，我将地图折叠，便回到天府镇的从前。

那时，我是天府镇的小孩。在它最工业化的硬壳里，记录我的，一定是那条遗留的铁路和后丰湖的湖水，还有父亲揣进我兜里的那些皱巴巴的钞票，以及，父亲一次次送我走时眼里闪烁的光芒。

父亲走了，永远地回到他的故土。

我也走了，带着索取后的疼痛感。

这样真好。天府的小孩，歇马的女人，在这清冷深秋，在一片柑橘林里，将灵魂从祭坛上赎回，用一天的时间。

橘子黄了

走进柑橘林，我是如此心虚。

刚刚吞下的半个橘子，滑溜地落进秋天，惹来林子里众多柑橘的窃窃私语。小部分被失重感吓坏的橘子，躺在草丛里，不知是期待我们拾起，还是更渴望反哺这片土地。

故乡，也曾有这样一片柑橘林，母亲养护着它们，和养育我一样细致。它们一起历经炙烤和霜冻，咬紧牙关，相互慰藉。

橘子黄时，一些换成粮食，一些进驻我的胃里。剥一瓣递给母亲，母亲总是摇摇头、皱皱眉：太酸，不吃。

每一个母亲的演技都那么真实，谎言自然得如同贴身的棉衣，让我温暖且坚信不疑。母亲不曾知道它们有一个诗意的芸香科种族，也不知道它们有那么多姐妹兄弟，只是不动声色，就让桔香浸润了我的血液。

下一场雨该有多好！雨水在我脸上自然流淌，我可以笑着告诉母亲：橘子黄了，我带回来给您。

» 安卡，中国新诗学会会员、重庆市合川区作家协会秘书长。

◎ 蒋登科

夏日诗章

在北碚散步

不就是傍晚出去沿着街巷漫步吗？
在这座叫北碚的江边小城，
嘉陵江在身旁，缙云山在远处。
但是，每一寸土地都有故事，
每一棵树木都经历了岁月的风霜，
感觉每一步都踩在历史上，
从科学到军事，从实业到艺术，从休闲到文学……
从文星湾，经过中山路，一直到水岚垭，历史的巷道好长！
靠近文学的时候，光线已然黯淡，
凑得很近也难辨分明。

歇马观荷

这是一片天然的池塘，在农民自家的土地上。
道路是粗糙的，是田间小路，狭窄，曲折，还长着些缀着小花的杂草。

雨水之后的脚印清晰可辨，每一步都可以踩到泥土之上，而不是水泥的路面。

不时有鸡鸣犬吠，蛙鼓虫吟，懒懒的蝉声犹如优美的和声。

不用挽马，徐行即可。

我是顶着烈日出发的，踩着杂草，循着香气，一路追风而来。

见到这片荷田已是黄昏，刺目的阳光依然穿透丛林，箭镞一般斜照在这片绿海之上。

荷叶泛光，荷花傲立。空气中弥漫着一股混杂的清香，荷香、叶香、草香，以及淡淡的炊烟香。

就是那一朵，白里透红，含苞欲放，傲然站立在荷叶之间，群花之中。

我本已走过暑气蒸腾的小径，还是折了回来，想再一次看看花开的模样，想再一次闻闻岁月的馨香。

是的，就是那一朵！与众不同的一朵！娇羞又矜持的一朵！似乎在微笑着呢喃自语的一朵！

应该感谢脚下的土地，还有阳光，空气。

不要指责淤泥，那里有最丰富的营养。

不要小瞧斗笠般的叶片，虽然颜色单一，但正是它们，接收了最多的阳光、雨露和空气。

这是不长莲藕的荷塘，不用扒开淤泥追根问底。

这是仲夏的黄昏，只需要关注亭亭玉立的花朵。

待到秋风至，叶枯枝残，花败絮凋，蝉去虫匿，大地必将失去生机和颜色。

我相信，那个最大的莲蓬就是曾经最娇美的那一朵。

莲籽泛香，莲心含苦，最懂得生长滋味的那一朵。

从黄昏到暗夜

坚持。

对，就是这两个字。

这两个字很简单，都是由最普通的汉字笔画组成，横平竖直，左撇右捺，上方下正，中间穿插着曲里拐弯。

这两个字又很复杂，从纸上到口上，从手上到心上，从心上到行动，需要接受无数曲折与煎熬。

需要把爱字写在心上，从孩童到暮年，让高山自在地高，让小溪自在地流，让小草自在地生长。

需要将静字刻进生命，不为曲折而叹息，不为败北而沮丧，不为赞美而得意。

需要守护每一个日子，从早晨到黄昏；需要守护每一段旅程，从平坦到坎坷；需要珍惜每一份关爱，视之如酷暑甘霖，严冬暖流；需要收藏每一种表情，从讥笑、鼓励到鲜花、掌声。

不要错过了早来的朝阳，不要错过雷霆闪电后的宁静，不要错过暴雨强风之后的湛蓝，不要错过黄昏时分的归雁，更不要错过星空下的暂时悠闲。

从满头黑发到银丝飘飘，我们走过无数的路，我们涉过无数的河，我们见过无数的人。我们奔波，我们固守，我们委屈，我们无奈。所有的路都渐渐远去，所有的河终究流走，所有的面孔都会朦胧消失。

只留下沧桑。

只有遥远的星光。

只有不知深浅的波光粼粼。

那么，还不能趴下。

那么，坚持！

» 蒋登科，文学博士，中国作家协会会员，西南大学中国新诗研究所教授，博士生导师，西南师范大学出版社副社长，重庆市作家协会副主席。

◎ 周鹏程

景仰新北碚（组章）

一

听不见碧波之上机器轰鸣，千帆竞过是远去的风景。

晨风把我带到水边，脚下这片土地被岁月翻新。有人梳理一望无垠的湿地，种植理想，布置琳琅十里。

我想一直站在这水边，站在有巨大绿地的水边。

多么美丽的花园！仰望湛蓝的天空，请允许我向这里的开发商表示敬意。精细的工匠昼夜施工，雕花砌玉，似乎要把这里打造成凡间宫阙。

我不去想象这里的过去，只羡慕它现在的名字——嘉阅湾。

像春风吹拂万紫千红。像人生泊舟静谧的港湾。

二

在暮色中上山，月光为我开道。

还好，没有赶上“巴山夜雨涨秋池”，却有凉风习习，古树和野花在夜色中相互抒情。

这座山离我很近，伸手可摸到它的体温，可是我走了五千年，也无法走进它的内心！这座山海拔并不高，常年云蒸霞蔚，可是我攀越了一亿六千年，也无法抵达日出云海！有水杉作证。

山门远远开着，召唤芸芸众生……

远远开着山门的是绍龙观！

借鉴湖的珍珠洗涤一路风尘，在“哼哈”二将面前献出自己善良本性。所有的保护神在金碧辉煌的大殿等待香火传来的诉求。

道，在千年深山中暗藏玄机。

善良的女子在晨钟暮鼓里修心，诵课，清静无为……

三

我需要重新阅读蔡家。

我过去的阅读是肤浅的，我需要调整自己的心态，甚至放慢节奏。对于涅槃后的蔡家，我需要娓娓道来的叙述方式。

八十八平方公里的宣纸，这些艺术家该怎样谋篇布局？

西南大学两江实验中学，让教育走在前面；六百余家企业入驻园区，经济上实现了造血功能；地产巨头们也纷纷在这里开疆破土……

屹立起来的不仅仅是钢筋水泥的楼宇，那是无数智慧和汗水凝结的一座新城!

将要开通的不仅仅是歇马隧道，那是蔡家通向未来的快车道!

跑起来的不仅仅是力帆汽车，那是蔡家勤劳的人民正在奔向幸福的未来!

今天，我重新审视蔡家，蔡家却在我的目光中滚滚向前。

四

当清晨的铃声在这里响起……

当第一缕朝霞在这里绽放微笑……

整个水土都在进行大规模的晨练。水土不再是昔日的水土，七年前开始脱胎换骨，身份证上改名为：两江新区水土高新技术产业园。

中国科学院钟情于这里，在水土建立了中国科学院重庆绿色智能技术研究院，3D打印、机器人技术、纳米制造、智能多媒体等，都在这里陆续开花结果。

而这一切，被京东方的最新生产线全部释义，巨大的显示屏显示着水土的蓬勃生机!

水土，有水也有土，有过去也有如火如荼的今朝!

但，我更相信水土明天清晨会有更幸福的歌声响起!

五

重庆之北，有巨石入水，故称北碚。

我景仰这块儿神奇土地的美丽。请看那千万株玉兰花开，它们绝不仅仅开在一个叫西南大学的校园里。它们开在七万学子的课本里，开在八十万碚城人民的心坎上。

我景仰这块儿神奇土地的人文。缙云山下，嘉陵江畔，有温泉沐浴，有松涛伴读。穿过历史走廊，我突然想起卢作孚、梁漱溟，这些实干家为北碚挥洒热血；在文化脉络里，老舍、梁实秋仿佛还在林荫下奋笔疾书。

在这座学府之城，今天又有多少大学者、大教授走在各行各业的前沿！

我景仰的北碚，正在崛起一座新城！

» 周鹏程，中国作家协会会员、中国诗歌学会会员、中国散文学会会员、重庆新诗学会副会长。

◎泣 梅

静观，蜡梅处处香（三章）

红梅花开

风中幸福的吟唱，诱惑了尘封的心。

红梅开了。一朵红梅开了，一树红梅开了。

浪费了春天的繁华，夏天的热烈，秋天的圆满，它不再沉睡，它醒来了。不放肆，不张扬，一朵朵纯正的红，像一片丹心，一簇爱火，沐浴雨露，临风而立。那是细小的一念，那是长久的沉思，每一朵梅都自有风骨，每一朵花都自带光芒。

梅开无声，却有着无限意蕴。含苞的，像迟到得太久，凝结的血色泪珠，又仿佛正蓄积力量，快要启程的好梦。而那些怒放的，则睁着灵动的眼睛，看不够静观的富美和秀丽，一动不动，争分夺秒，专注又痴迷。

丝绸、花瓣和粉嫩的花蕊，都是深刻的画笔，献出雅致和精美，匹配北碚腊月的画卷，匹配冬天温情的传说。

我是闯入画中失神的云朵，红梅细小的火焰在触碰我、点燃我。

不止一刻，不止一时，我停在静观，挪不动脚步。呼吸着馨香，我的枯枝上竟也萌生出爱的火星，它一次一次迸射，一点儿一点儿明亮。

风触摸红梅的心跳，目光触摸红梅的心跳，我想起你，想起从前。

时间在倒退，在停滞。那时，红梅正开，朵朵鲜明。

对山居遇鸟

它应该是有名字的，但我叫不出，如同我叫不出那些昂贵的花木。

从琐事儿中抽身，我们停在对山居，和一个个盆景对视，并一路撒下赞美之词。

只有一只鸟没有发出声响。是太过孤单，还是受了语言的感染，它飞过来，加入了参观的团队。轻轻落在我身边的展台上，它并不惊慌，甚至比我们更从容、淡定。

这是一只袖珍的鸟，小眼睛是圆的，小脑袋是圆的，小身子也是圆的，像一个金黄的符号，圆满的信号。

我发现我错了。它光临展台，只为提醒我们，欣赏这些精致的花木，要把自己放低，才能看到美的背后，那些压抑和隐忍，那些倔强和坚持；才能看清美之上，一份浓缩而缓慢的爱，一颗持久而温热的心。

但它什么也没说，它不说出一棵小树内心的博大，也不说出一块顽石相守的执着。它熟悉静观的寸草寸土，一花一木；它清楚人们的所思所想，一言一行。它始终守口如瓶。它知道，它只要轻轻展翅，就可以停在盆景的山石上，激活一首诗，灵动一幅画，成为风景之上的风景，成为美叠加的美。那首诗，那幅画，一定会是对山居奔跑的传说，为众人追捧，喜爱。

它终究没有飞上去，而是越过我的镜头，飞到展台下的草丛，旁若无人地啄着草叶，悠然，恬静。

几十万的盆景和分文不值的杂草，都只是路过人间的风景。我们也是。

我哑然失笑，突然，很想做那只鸟。

蜡梅处处香

擦亮玲珑的心事儿，就香了一山，一村，一冬。

多么热烈，花挤着花，心贴着心。一枝枝，一树树，金色的小嘴迫不及待吐出连珠炮，说着山好水好，静观好；说着花美人美，相聚美。

走进静观，走进万亩蜡梅，香在漫逸，香在溺爱，香在占领。人围着花，花拥着人，人在笑，花在笑，这是怎样一片荡漾香浪的海洋？

在金色的语言里迷醉，我愿意成为枝头的小女儿，不惧风雪，不畏严寒，提着鲜亮的裙裾，越冷越俏，越冷越艳。

凌寒的傲骨最是勾魂。

在静观，确实适合静观。静观蜡梅的花枝举起五百年悠久的历史，静观蜡梅的骨朵写出沉默的土地激情的感言，静观蜡梅的奉献带来家园的富裕和幸福的欢歌。

一年一年，蜡梅在行走，静观在行走。一朵朵，都是唯美，一束束，都是收获。

走过静观，谁也不会空手而归。他带走的是清雅，她带走的是高洁；他带走的是愉悦，她带走的是满足。

蜡梅走到哪里，都散发低调的温情，静观走到哪里，都充斥花木的清香。

» 泣梅，重庆市作家协会会员，重庆新诗学会会员。

◎ 徐晓黎

醉花阴·腊八赏梅

地冻天寒心倍暖，文友初相见。一路静观行，谈笑风生，腊八梅赏遍。

斗霜傲雪花迷眼，任雅香弥漫。幽径诉衷情，如画园林，从此常思念。

注：今天（2019 年 1 月 13 日）是腊八节。作为重庆市作家协会和北碚区作家协会的一名新会员，首次参加北碚区作家协会组织的静观“花木文化艺术交流中心”赏梅活动，倍感亲切温暖，于此作。

» 徐晓黎，重庆市作家协会会员，西南大学原党委副书记，出版诗集多部。

◎ 徐晓黎

浣溪沙·乡村盆景大观园

怪树奇石盆里栽，天光云影巧安排。田园山水任徘徊。

盛世乡村多美景，归真返璞畅情怀。蟠扎艺术静观开？

注：北碚区静观镇有“中国花木之乡”之美誉。其盆景制作已有近三百年历史，据传尤以盆景蟠扎技艺开盆景艺术之先河且独具特色。参观“对山居”盆景园确见佳作纷呈，令人流连。

◎耕 夫

北碚盛景（六首）

望缙云

文华绵绵数缙云，
秋林翠岫竞芳姿。
狮子峰下烟霞起，
鉴湖清波妙入诗。

缙云松

守望云山漫漫年，
风欺雪压气昂然。
寒霜磨就嶙峋骨，
不肯低头永向天。

北碚水土工业园登高远眺

远望青山峰叠峰，
天蓝日艳白云浓。
盈眸科园景如画，
跨江长桥势若虹。
国策有灵祈福祉，
今贤睿智伏蛟龙。
嘉陵浩浩奔腾疾，
逐梦扬帆唱大风。

柳梢青·水土新貌

昔日穷乡，而今竟是，一派春光。科技兴业，琼楼如画，绿满山冈。

生物智能引领，似看到，祥和小康。园区繁忙，缙云秋爽，天上朝阳。

狮子峰

名播渝州不计年，
将星文曲世绵延。
虬松挂壁遮游道，
秀阁留人尚古贤。
到此读山如读史，
倚云听石胜听泉。
置身狮峰晨曦里，
北碚盛景汇眼前。

水土两江科技园

今日北碚虎性彰，
架桥穿山气高昂。
引来科技泉中水，
灌得水土骨亦香。

» 耕夫，本名周厚勇，中国作家协会会员，中华诗词学会会员，中国散文学会副秘书长，重庆市璧山区作家协会主席。

花开高山流水间

◎张 者

巴山听夜雨

巴山被一首唐诗定格在黑夜里，伴随着淅淅沥沥的秋雨一直流传至今……

“君问归期未有期，巴山夜雨涨秋池。何当共剪西窗烛，却话巴山夜雨时。”这首诗真正打动我是在大学的课堂上，老师声情并茂地朗诵过这首诗后，指着窗外的缙云山说：“巴山就是我们眼前的缙云山。”同学们不由向远方眺望，缙云山就在眼前，在阳光下一身锦绣，色赤如火 。这就是人们常说的“缙岭云霞”吧，狮子峰在旭日下光环闪耀，红霞缕缕 。我几乎都能看到狮子峰上那棵松树了。“缙”，赤色也，缙云山由此得名。老师的指证深深地触动了我，这就像指着现实的一切述说着曾经发生的古典故事，这让现实充满了神秘色彩。下了课，我登上教学楼的顶层再次向缙云山眺望，她被一层薄雾笼罩，似岚非岚，似烟非烟，缥缈曼妙，气象万千。

曾经在那山中的竹楼里，有一位唐代诗人，孤枕难眠，细听秋雨，怀念着远方的娇妻。如此柔情似水、缠绵悱恻的故事是很容易打动一个中文系的学生的，我当时心中便生出一个念头来，如果有机会我一定去缙云山住一夜，听巴山夜雨。当然不能是孤身一人了，我要带一位身着白色衣裙的女生，否则，如何共剪西窗烛花呢？可是，那位白衣女生又在哪里？我回头向校园张望，正是课间时间，校园里人头攒动，却不见那白衣女生的踪影。现实中并没有“蓦然回首，那人正在灯火阑珊处”的场景。好在，我还有的是时间，我可以在校园中慢慢寻觅。

那位白衣女生出现的时候，已经是两年之后了。当她邀请我一起看电影时，我并没有觉得有什么特别，都是同学嘛！当她真的身着白裙子出现在我面前时，我惊呆了，原来是她……她就藏在我的身边，我却没发现。看来女生平常并不穿白裙子，只有约会的时候才现洁白。

于是，我就邀请她一起上缙云山听巴山夜雨。那是一个周末的中午，我们一起登上了狮子峰，在山顶上一起虚度时光，等待着夕阳西下。我们没有原路返回学校，而是从北温泉方向慢慢下山，我们知道在北温泉里有一个招待所，准备晚上住在那里。

在招待所的服务台，我掏出了五元钱准备办理入住手续，招待所的服务员大妈说，五元不够，要十元。我望望墙上的价目表，说一间房不是五元吗？服务员望望我们，说你们要住一个房间，有结婚证吗？我的脸一下就涨红了。服务员举着我们的学生证又说，现在的大学生真是胆大包天，竟敢光天化日下开房间，就不怕我打电话报告你们学校？我的白衣少女连忙又掏出了五元钱递上去，说我们没想同居，只是想一起听巴山夜雨。

服务员给我们开了两间房，一间是203，一间是302。这两间房有讲究，一间在走廊这头，一间在走廊那头。我们同住一楼却感觉相当遥远，就像隔着一条银河，只能遥望不能相见，而中间是服务台，服务员十分警惕地坐在那里，监视着两边的房门。我在门缝里咬牙切齿地咒骂："法海，法海，真是一个多管闲事儿的女法海。"我长叹一声仰面躺在床上，亏大了，花十块钱在这儿住一夜，不能共听巴山夜雨，更别说共剪西窗烛花了，要知道十块钱是我们当时大半个月的菜金，我们不舍得吃，不舍得花，节省了几个月，就这样一闭眼，一睁眼没了……

在一种气愤和沮丧中我睡着了，毕竟爬山太累了。

不知过了多久，感觉门被打开了一条逢，一道白光飞进了我的梦里。我的白衣少女来了，她并没有打扰我，而是飞快地反身关门，迅速拉上了窗帘，并且点燃了我们早已准备好的蜡烛。然后，她心满意足地和衣靠在我的身边。我在半睡半醒中抓住了她的手，说你来了。她欣喜地说，服务员终于熬不住了，嘿嘿，睡着了，我溜了过来，现在我们可以静静地等待巴山夜雨了。

可是，我们没能等来深夜的雨，却等来了愤怒的敲门声。我起身打开门，服务员冲了进来，喊，你们两个太不像话了，你们以为这是洞房花烛夜啊，还点上了蜡烛，不要脸。我告诉服务员，我们什么也没干，就是想听巴山夜雨。服务员被激怒了，说你骗谁啊，来这儿住一夜就是为了听雨？她打开门指着一轮明月下的夜空，你看看哪来的雨，哪来的雨？最后，她把我们叫到服务台，愤怒地把十块钱拍在我们面前，喊着退房、退房，这里不欢迎你们。

唉——缙云山虽然热情似火，可以将嘉陵江之水加热成温泉，让嘉陵江千百年来缠绵入骨，相思永驻，而我们却无法打动这位极为负责任的大妈。最后，我们被赶出了招待所，在半夜三更走回了学校。巴山夜雨没有听到，还被服务员羞辱了一番，真的是心有不甘啊……

几十年过去了，听巴山夜雨，共剪西窗烛，成了我的心结。当《重庆晚报》电话通知我，北碚有个笔会邀请你参加，计划夜宿缙云山时，我的心就动了一下。啊，夜宿缙云山，听巴山夜雨，了却我多年的心愿。只是，那白衣少女早已不翼而飞了，她成了划过我青春期的一抹亮色……

几十年来，北碚的变化真可谓翻天覆地。北碚变大了，我记忆中的北碚几乎找不到痕迹了。我只有站在老胜利商场门前的法国梧桐树下，才能找到北碚的影子。那新华书店呢？那兼善餐厅呢？……北碚扩大了几十倍，一部分已经成了重庆两江新区的一部分。北碚水土高新技术产业园有大量的高科技企业入驻。京东方集团展示的液晶显示屏让我们不但看到了眼前，也看到了未来。这是中国完整掌握液晶显示核心技术的企业，液晶显示覆盖各个尺寸，产品市场占有率居中国第一。吸引我的是重庆华数机器人有限公司，在宽敞整洁的厂房里十几台六轴十二关节机器人一字排开，在安全笼里不停地舞动机械手臂，做出厂前的抗疲劳测试。看到那机器人，我心中有点儿遗憾，那些机器人没有一个有人样，没有人样的机器人还能叫机器人吗？这和我们在电影中看到的大相径庭。在我心中，机器人都应该是美女，然后身穿白色衣裙，如果我弄一台回去，一起听巴山夜雨如何？我被自己的胡思乱想逗乐了。

参观了一天，在缙云山住下来，天已经黑了。这时的缙云山已经被云雾缠绕，那些薄雾随窗而入，能飘浮到你的枕边。当你长长地吸一口气，慢慢闭目回味，哦，湿气饱满，包含雨意，清新无霾，让人放心。这时候如果你还抽烟，那就是暴殄天物，即便是抽散发着香味的烟斗也不行。这一抹雾给你送来了翠竹的清甜，柑橘的淡香，山花的分芳。老师说巴山就是缙云山，不如说缙云山属于巴山。大巴山地潮湿多云，夜间密云蔽空，云层和地面之间，进行着多次交媾，在吸收和辐射的热量交换中，云层上下之间形成温差，偏暖湿的空气上升形成降雨……在巴渝大地，夜雨量占全年降水量的 60% 以上。我不由想起了傅抱石先生的代表作《巴山夜雨》，此画取李商隐之诗的意境，画幅为重重的山峦，铺天盖地，气势磅礴，层次分明，脉络清晰。2009 年在中国嘉德拍卖行的拍卖中，以一千八百多万元人民币成交。

《巴山夜雨》咱买不起，巴山夜雨可以免费听。

夜雨在不经意间就来了，开始是淅淅沥沥的，不知不觉整个屋顶就被雨声笼罩了。猛一听雨声是轰然一片，就像一个庞大的乐团正在演奏一曲交响乐。当你细听，那混沌一团的交响就有了分歧，雨打芭蕉的声音就像点击的定音鼓，节奏分明；雨滴窗棂之声便是那小锣镲，明亮悦耳；雨浇橘林的声音是小提琴、中提琴、大提琴的合奏，所有的声音都在柑橘林内缠绕；雨润竹林之声就如钢琴和竖琴的协奏，竹林在细雨夜风中如泣如诉；那些远方的狗吠就像突然插入的小号声；还有长笛呢，那是我的叹息……在巴山夜雨的交响中我进入梦乡，那是一个昔日的旧梦，在我心中长长远远。

清晨，如果你还想看看巴山夜雨，就要在第二天早起，在无人迹之时上山，去山上寻雨，看夜雨的痕迹。这时的远山近树还在雾中，草带露珠，花含笑意，竹海生烟，碧海连天，金黄的柑橘在水珠中正孕育着甘甜，云山雾罩下的村庄，鸡鸣狗吠不见炊烟。

» 张者，本名张波，毕业于西南大学文学院、北京大学法律系，硕士，中国作家协会会员，一级作家，重庆市作家协会副主席。

◎ 郑劲松

花开高山流水间

住在山水之间，
山水成了北碚人的生命；
行走北碚山水，
你就成了山水的一部分，
山水的精灵。

一

世间万事万物，总是依存于一定的时间与空间。犹如一个坐标，时空交错，锁定了一个人、一件事儿、一个地方的方位。过去预示着现在，现在也昭示着未来。时间改变空间，空间也在重新定义时间。

那么，北碚是一个怎样的所在？她的过去、现在、未来，她的时间与空间，给我怎样的启示？一言以蔽之："花开高山流水间"——时空中的北碚，山水中的北碚，一如花样年华的人生。

其实这个题目早在心中，也早在笔下：2007 年，也就是我求学于斯、工作于斯、也将终老于斯的西南大学迎来教育部本科教学工作水平评估。那时，刚合校两年，为便于评估专家了解学校，也便于向外界介绍新成立的“西南大学”，学校决定编写一本书，主要由我和几位同事执笔，纳入中国教育报刊社的“漫游中国大学丛书”，要求以“漫游”解说的方式，用散文笔法，将历史、人事穿插于景观之中，写作一部“情景”校史。第一章必须交代学校地理方位。我苦思冥想很久，终于落下“花开高山流水间”七个大字。于是就出现了这样一段本着美好心愿而自美其美的文字：“缙云山麓，嘉陵江畔。四季常青，浓荫匝地。鸟语花香，青春常聚。西南大学，就在这背负高山，面朝江水的美丽之地孕育生长，荟萃人文。”

任何书写都有着或隐秘或明白的理由。那么，这样的描述该做怎样的解读？庆幸的是：北碚这块儿地方总能为你的涉嫌溢美之词“自圆其说”。

二

说背负高山，山即指缙云山，其最高峰海拔高达九百余米，为重庆主城最高点。它雄峙嘉陵江温塘峡畔，是七千万年前“燕山运动”造就的“背斜”山岭，古名巴山。山间白云缭绕，似雾非雾，似烟非烟，磅礴郁积，气象万千。早晚霞云，姹紫嫣红，五彩缤纷。古人称“赤多白少为缙”，故名缙云山。缙云山与嘉陵江小三峡、合川钓鱼城一起，被定为首批国家级自然风景名胜区。

一所大学因山而得自然神韵，乃基于人与自然的和谐共生关系——缙云山气候温和，雨量充沛，据传唐代诗人李商隐的名篇《夜雨寄北》中“巴山夜雨涨秋池”写的就是此山。山上森林茂密，达一千多公顷，生长着两千多种植物，包括猴欢喜、无刺冠梨、缙云琼楠、伯乐树、银杏、红豆杉和飞蛾树等珍稀植物，以及世界罕见的活化石树——水杉，这是一亿年前即存在的古生物物种。“靠山吃山”不仅仅是一种生存比喻，文化教育也同样可以如此因地制宜，西南大学生命科学学院就设有亚热带植物研究所。年近九旬的老校长、生物学家钟章成教授，就与缙云山有着不解的学术情缘。他深耕缙云山多年写下的专著《常绿阔叶林生态学研究》，是我国第一部现代常绿阔叶林生态学著作，被学界誉为“中国常绿阔叶林研究的里程碑”。

直到今天，缙云山也是西南大学重要的天然标本园和实验场。如果漫步林荫之间，你还会不时发现食品科学学院、植物保护学院、园艺园林学院、地理科学学院等实验基地的字样。因为山间多竹笋、多蕨菜、多菌菇，天然的绿色食品，自然为人喜爱，食品研究于斯，也同样可谓得天独厚；山间植物品类繁多，不用远足，即可做植保观测研究；山间峰秀林茂，涧幽水潺，为天然园林，美术、园林专业师生可以在这里师法自然。科学与自然的交融，如此相得益彰。

三

而说起“面朝江水”，这水当然首先指嘉陵江。她是长江的重要支流，全长一千多公里，发源于秦岭北麓的陕西凤县境内天台山。天台山因传说是炎帝神农氏升天之台而得名，山上有炎帝陵，故曰嘉陵。嘉陵江从千里之外逶迤而来，在汇入长江前的四十余公里处，有一道美丽的拐弯。这一拐，就拐出一座玲珑小城，也拐出一所美丽的大学。

北碚当然不仅仅只有缙云山这座山，也不仅仅只有嘉陵江这道水。

江对岸顺延至金刀峡所在的山谷，是另一脉著名的山系——华蓥山。但金刀峡之“魂”不正是峡谷之中的潺潺流水吗？山不穷，水无尽，金刀峡之外的偏岩古镇的流水也别有风情，恰是偏岩的“灵光”所在。除了这道水，北碚旧城月亮田外、龙凤桥下，还流淌着一条蜿蜒美丽的小河——龙凤溪。说溪，可能是因为“小而美”的美学原则，其实，这条河逆流而上，一直可以抵达中梁山，只是在北碚歇马的大磨滩“飞流直下”写下一个大大的“叹号”之后，她的上游已叫“梁滩河”。这道水又将著名的歌乐山、中梁山连接起来。所谓“山水相依”，大概就是如此，任何一座山都可以连着另一座山，任何一道水都可以连通另一道水，任何一条路也接着另一条路。

北温泉旁边的澄江镇也有一道差不多被人遗忘的小支流——“运河”，从江边一直延伸到缙云山后山的很远的山沟，中间有一处名为“烟湖滩”的所在。光听名字，就充满诗情画意，想那薄雾迷离、云烟升腾，该是多美。这道水的另一侧，连着北碚的邻居——璧山与合川。

所以，是几道缠缠绕绕的水系，勾画出北碚的边界——其实无所谓边界，而是用青山绿水为颜料画画似的，“圈”出了北碚的全域方位，“绣”出北碚的锦绣文章。

山水相依，集流成河。先哲孔子在川上感叹“逝者如斯乎，不舍昼夜”，像是追问自然，更像是在追问自己。河流从来就这样表达着文化与自然、人伦与时空的“唇齿相依”。很多地方的河流都被当地人亲切地称作母亲河，我想道理即在于此。嘉陵江之于两岸的人们，也是如此。

嘉陵江在朝天门汇入长江时“泾渭分明”：清澈处为嘉陵江，浑浊处即为长江。地理学家认为，很大程度是因为嘉陵江在北碚一段涵养了足够的清澈与湿润。这条纯净的河流，温情脉脉的河流，如同一位天生丽质、没有心事的女子，踏着欢快的浪花一路静静地“走”到长江去。但，她还是留恋北碚小城而稍稍驻足，在江边“抛下”一大片布满鹅卵石的宽阔河滩。只要天气晴好，这里就会堆满北碚的学生、儿童或市民，或看书，或游玩，或写生画画，或有二三情侣依江而偎，“面朝江水，春暖花开”！

如同瓦尔登湖的水让梭罗看到了简单朴素而美好，康桥的水在徐志摩的诗中碧波荡漾，嘉陵江的水也成为北碚人身边最洁净、最柔软的地方，成为可以“偷得浮生半日闲”的精神栖息地。

这样的绿水青山，不是金山银山，又是什么？

四

人在山水间，山水也就成了文化。文以化人，方能成就人杰地灵。

特殊的时间总是定义着特殊的空间。抗战时期的北碚，是大后方重要的抗战文化中心之一，聚集着众多文化艺术与科教名家，这是北碚难得的人脉与文脉。

文史资料记载，当时来碚工作和生活的全国知名文化人士可列千人以上。其中的作家、诗人就有老舍、梁实秋、林语堂、路翎、端木蕻良、方令孺、姚雪垠、靳以、艾青、邹荻帆、绿原等；教育家及文学理论家有梁漱溟、晏阳初、陶行知、黄炎培、孙寒冰、伍蠡甫等；剧作家有曹禺、洪琛、赵清阁、焦菊隐、陈白尘等；电影艺术家有郑君里、张骏祥、盛家伦等；史学家有顾颉刚、翦伯赞、周谷城等；新闻学界有陈望道、韦素园等；书法家有于右任、沈子善等；画家有叶浅予、冯法祀、廖冰兄等；佛学家有太虚、熊十力等；音乐家有贺绿汀、储师竹等；翻译家有杨宪益、梁宗岱、叶君健等。常来北碚小住的文化名人还有郭沫若、田汉、张瑞芳、白杨、秦怡、丰子恺、陶金、叶圣陶、李公朴、冰心等。老舍的长篇小说《四世同堂》第一、二部，路翎的长篇小说《财主底儿女们》、梁实秋的《雅舍小品》、梁漱溟的《中国文化要义》、翦伯赞的《中国史纲》等均写于北碚。

之所以列出这一长串灿若星辰的名字，其实出自一种传承的渊源。如果你走进西南大学的图书馆就知道，其特色之一就是抗战大后方文献，尤其是重庆抗战文学资料颇为丰富，其他高校图书馆难以望其项背。学校也建有重庆中国抗战大后方历史文化研究中心。那段难忘的历史人文早已进入一所大学的学术文脉，渊源相袭，薪火相传。

不是吗？北碚至今流传着一首原创地方民歌《嘉陵江上好风光》，原唱者正是西南大学校友、曾在广西南宁国际民歌节夺得金奖第一名的郭亚飞。歌中唱道：“嘉陵江上好风光，一泻千里奔长江，川江号子震天吼，风扬吼声上云帆。嘉陵江上好风光，有个川妹子站船上，望得哥哥心发慌……”

现实与历史的回声相互激荡。这里还诞生过一首广为传唱的经典抗战歌曲《嘉陵江上》。

1939 年，“流亡”到此的东北作家端木蕻良乘小舟游览嘉陵江小三峡，面对美丽的山水风光，想起早已沦陷日寇铁蹄的东北故土和亲人，触景生情写下《嘉陵江上》歌词。在距北碚不远的合川草街，在陶行知先生创办的育才小学，音乐家贺渌汀看到了这首词，反复吟咏，六易其稿，创作了曲谱。歌中唱道：“那一天，敌人打到了我的村庄 / 我便失去了我的田舍、家人和牛羊 / 如今我徘徊在嘉陵江上 / 我仿佛闻到了故乡泥土的芳香……”一江碧水的家国情怀，让多少热血男儿热泪盈眶。

同样的情形出现在隔江而望的东阳夏坝——它与重庆沙坪坝、成都华西坝、江津白沙坝并称抗战“文化四坝”。抗战时期，复旦大学迁来此地，作家萧红短暂栖居，开始创作名篇《呼兰河传》。想那呼兰河当然远在千山万水之外的黑龙江，但临江写作之际，嘉陵江又岂不是她心中奔腾不息的呼兰河？

五

一个地方的底蕴就是在这样的风风雨雨中形成的，因为它承载历史；一个地方的魅力，也是这样形成的，因为它厚重的底蕴。有底蕴，才从历史走向未来，才能走得更有颜值。

据新闻报道，2018 年 6 月，世界温泉及气候养生联合会（简称“世温联”）负责人到北碚考察并正式签署协议：在北碚设立亚洲地区唯一的区域办事处，成立亚洲温泉研究院，并将北碚确定为世界温泉论坛的永久会址……这一天终于来临。

北碚素有“中国温泉故里”的美誉。史料记载，北温泉始建于公元 423 年，迄今已有近 1600 年的历史。作为中国乃至世界上开发利用最早的温泉之一，这是否预示着北温泉在新的时代“重生”？同样有望“重生”的是紧邻北温泉的金刚碑古街，这个很多人心心念念的地方已开始“修旧如旧”

式地修复重建，不久就将揭开崭新而又似曾相识的面纱。

叮叮当当的敲打声，应和着叮叮咚咚的山泉流，寂静的山林也跟着醒来。这一股股深埋地下的、有温度的泉水，正在自信地开启北碚山水的新时空。

早在20世纪二三十年代，卢作孚先生将北碚经营成乡村现代化建设的典范和模范区，陶行知等教育家的平民教育，梁漱溟、晏阳初等大儒的乡建运动，穿越时空，对应着今天的乡村振兴战略。

除了“温泉故里”这一或多或少曾被弱化的名号，北碚还有着国家园林城区、国家卫生区、国家环境保护模范城区、国家生态示范区等称号，并荣获中国人居环境范例奖、迪拜国际人居环境良好范例奖等。

北碚的自信底气十足而特色鲜明。“具有景城交融的空间优势、山水相依的自然优势、源远流长的人文优势。”——准确的定位是精准施策的前提；“嘉陵江城市滨江休闲带、缙云山温泉度假区、金刀峡生态度假区”——“一带两区”的全域旅游格局呼之欲出；“整合巴渝文化、乡建文化、抗战文化、红色文化，把文化元素植入景区景点、融入城市街区、嵌入美丽乡村”——听上去很美，瞬间的既视感也十分清晰，我对这样的北碚充满期许。

我见青山多妩媚，料青山见我应如是；
我观流水更多情，想流水观我也如斯。

见山是山，见水是水，这是一种归璞返真的哲学回归。住在山水之间，山水成了北碚人的生命；行走北碚山水，你就成了山水的一部分，山水的精灵。

» 郑劲松，重庆市作家协会会员，重庆散文学会副会长，重庆市北碚区作家协会副主席、秘书长。

◎强 雯

雾中奇缘

一到秋冬，雾便多了。低矮寒冷的白气远远地挽住裙楼，像浓得化不开的童年、青春。

静耳细听，钻探声，铁器的敲击声，渐次传来，狗吠、顽童的尖叫，也间或夹杂。耐心一点儿，还能听见“冰箱、彩电、废书废报纸拿来卖……”

什么都不要看，静静地坐着或是躺着，像被击中了一样，几十年前的生活场景活生生地被拽到了眼前。

几十年了，城市确实在发展，然而，几十年了，若忽略这些外在的变迁，彼地与此地，又有什么分别？那些曾经的烟火岁月，在某种似是而非的场景里，一个都没耽误地跑来了，你甚至想一猛子扎进那些光阴，但那些光阴，只是卖火柴的小女孩手中的火花，让你潸然，再缄默。

我的童年是在北碚度过的。

遥望20世纪80年代的大雾，总像赶趟似的，不分冬夏，不舍昼夜。梧桐树和黄葛树交替而行的沿江路，便成了一带缠绵的绿梦。

碰上这样的天气，父亲就会早早地带我到缙云农场的大门边，等候同伴。同伴都是“撞”来的，有时几乎是撞上同班同学，不免喜出望外，有时等来的是不熟悉的高年级同学，想必是父亲对她们也有些不放心；有时则等得很久，有时等来等去，竟等的是隔壁邻居的小女孩，我和父亲都有些失望，早知道就一块儿约好走了，不至于在寒雾中哆嗦如此之久。

但不管怎样，等候的结果大多还是满意的。

在大雾里，逐级而下，一路和同伴闲话，或许是没有闲话，不然，为何我连说的是什么都忘得一干二净，但是孩子的记忆又是如此透明，记得内心欢快和那些湿漉漉的风景，相映成趣。

很多年后，我在想，父亲把我送走以后，他去干什么了呢？是回家睡个回笼觉呢，还是直接去上班？我总觉得时间还早，从家里到学校，要走上 40 分钟的路程。而同父亲在路口守候的光景，成为我一生频频回顾的美好。

记得又有一次大雾天，与同行的女孩过澄江大桥，也许是考虑到比我大两岁，她主动承担起说笑话的责任，讲了仙女漫步，讲了 1981 年当地发洪水的事情。其实她也只知道一些历史的残片，估计是从她父母那里听来的琐碎言语，在半信半疑中，我头一次觉得那桥竟然那么短，一会儿就走完了。洪水来袭的那会儿，真有人在桥上划船吗？

晚上，我向母亲求证当地洪水一事儿之真伪，竟引来一片滔滔不绝的历史追述。母亲对于灾难的描述总是有些生命之喜的色彩，因此你对于她口中的逃难和恐慌，不仅不觉得恐惧，反而会生出一种虔诚，一种感恩，劫难之后的感恩。

那夜，日光灯昏黄迷蒙，墙角的蜘蛛网熠熠闪光，小小的脑袋里，想象不来恐惧之殇，父母很快忽略了我这个话题的发起者，他们的声音也渐渐变得温和、细密，像两只搭乘在蜘蛛网上的生物，温情地追忆1981年的洪水带给他们的共同体验。

渐渐地，我也远离了他们的叙述中心，开始回味早上的那场大雾。白茫茫地裹住我，又松垮垮地保持一种距离的神秘物体，雾里的两个人彼此相见，却不能看得太远，那洪水呢？除了没有让人一身湿透外，是不是也如这般把人裹紧，又疏离？再加一段稀奇古怪的记忆？

几十年后的城市大雾，已不再多见，中午不到，它们就逃遁得无影无踪，像小女孩手中熄灭的火花，万千的瞬间都在不经意间溜走了，而那一刻却停滞下来，蜕化为我对亲情的无尽舔舐。

» 强雯，中国作家协会会员，重庆市渝中区作家协会主席，毕业于第八届鲁迅文学院青年作家班。

◎雨 馨

夜读缙云

黄昏时进山，山总是准备好玄妙幽深的酣息，在寂静处等我。

等属于我的那一点儿黑、那一滴墨，融进它森森茫茫的黢崖。黛色洇湿处，我总能找到一两声“布谷——布谷——”，入夜的蝉都奇迹般地止了合唱，止了阔浪滔天的嘶鸣，把一方着墨的绢袖，留给山蛙和蟋蟀。往暗处听，就连风也加入了这狂野宏大的协奏。

我的耳朵，此刻太熟悉这黑暗中窸窸窣窣，爬行如游蛇的一条条草径。崖边小坐，茶片两盏，松月倒挂，云霓斜倚，树影幢幢。云厚处压来，远处的灯火自山下绵延，不知不觉，就星星点点地沾在我睫上，烁成一片。低洼里，萤虫默默，盏盏簇簇，一闪一闪。再看，星不是星，月庞皎洁，一缕缕柔辉，汤汤缓缓。似一只慈母手，山上山下，摩挲熨帖。

一弯白银，锋利地在天幕中剜出咄咄美目。此刻的山气，温软起伏，沐面若绸，让我突然生出莫名的感动，孩童般耳伏面贴倾入夜色这层层围合的襁褓。故乡的襁褓，初生的襁褓，哦——想起来了，童年的无数个夜晚，我幼兽般的身体，偎依在祖母浑身散发的洁净的、旧棉布和洗洗涮涮混合的气息里。蒸熟的盛夏的夜里，祖母从不离手的大蒲扇，一下下在竹凉板上空挥舞出絮絮叨叨的童谣，风伴着檐角落下的几颗星子，我沉沉睡去……

山中听夜，无声的寂，竟猎猎作响。墨色的浓荫密团之中，竟似有一只萤蝶，翩翩扑浮，忽上忽下。在低低的月色里将我拉回那鸢尾花开，满山豆蔻的心中隐疼。夜太平静了，静得像一江翠绿将我徐徐浸染、吞噬，又分解开去，把我所剩无几的神志懵懵懂懂地拉进儿时的秘道。“你究竟要带我去哪里？”我问。

回流，回流，直到把数十年的成长，都平缓抚摸成一张蓬松辽阔的兽皮。回忆难以抹平，天未褪尽，四周黑影扑簌，硕块儿如熊，如驼，如驯服的鹰翼，如盘踞的蚁类叠垒成丘……哦，一双神秘的巨臂将我揽入钝钝空寂的旋涡。

一只手，依旧在黑暗中，丝毫不让人察觉地摩挲，碰落桉树叶上的反光，摇下松间的皎月。那些在浓黑处埋头掘土的幼蝉，我熟悉的山下江腹中低缓的江水，低坦的山势，我乌黑的发辫，栀子花白的初恋，如今河滩上已荡然无存。即使此刻我眼中有泪，也回不去了，回不去了，亦如那些行至河边渐渐消失的支流。

唯有在今夜，我发现，我的声带，早从少女时期开始，就是由这条绿浆的河流替我发声的。满山的萧瑟锁紧我的喉咙，我的身体早已隐没在突突跳动的山影里。

闭上眼，像山蛙一样屏息，打坐，站立，甚至忘了自己。我的腿脚渐渐消失，皮肤退化，身形模糊，我的身体缩小脱壳，直小到不能再小。我欣喜地发现自己的耳部长出红色的腮来，我如痴如醉地吮吸空气里丝丝幻觉的甜。越来越近，平缓，悠长，磁石般的魔力将我紧紧吸附。

感谢那些香樟树和修长青葱的绿蕨，让我长出植物的腮来。我轻易地在黑暗中找到长久地居住在城里，就快退化的腮。

这也许就是我一有空就想把车开到山里，一头扑进这无边无际的夜，再也不愿回去的理由。总是在这一刻，向上天祈祷，让时间停下来，让一分一秒都没有杂质。只和这山，这林，这夜冥冥中煽动的气息相通。

还有一个理由，这夜，这条儿时秘径，这山巅黑暗处的默对与玄想，让我和天上的祖母，靠得更近。总觉得这缀满宝石花的星空，有一颗瓷蓝的星子，是从祖母摊开的手掌上，落到我的面前。总是在那个时刻，有好多话，在风凉若水处，说给祖母。

说着说着，这一坐，竟感觉去了半生。

河的两岸，隐约可见峭拔的尖峰拔地而起，耸立在起伏的山脊。小城的夏夜，万物敛了白日的酷暑，烈日下蒸腾腾几近燃着的大地，此刻销声匿迹。满山的夜阑，皈依了神的催眠，天籁的催眠调，喃喃香熟。熏着草木的耳廓，叶上的眼唇，林中的倦鸟，蝉声橘暖，甘柔温和。习习吹拂，夜风如扇，缙云山月半轮秋，让我怎不偎依它、枕着它的鼻息入眠。

那个山下跑来的野孩子，如今正蹑手蹑脚，屏声止息地来寻她的黑仙衣……

» 雨馨，中国作家协会会员，重庆市北碚区作家协会副主席，《散文家》副主编，曾获第二届台湾薛林诗奖、第七届冰心散文奖、四川散文奖、重庆文学奖等。

◎吴 丹

又游缙云山

很长一段时间，我都是在忙碌中度过的。奢求一个远离繁杂尘嚣以亲近大自然的机会，欲为身心寻求一个广阔而无世俗羁绊的世界，等待中，渴望的心，一直压抑着、压抑着，感觉压迫的心脏不知何时会停止跳动一样。我太喜欢山了，准确地说，是喜爱山的宁静、山的淡然、山的坦荡与慈爱。

恰逢一次机遇，我和一些志同道合的朋友相约同游缙云山。

缙云山位于重庆市北碚区嘉陵江旁，古名巴山。或许她就是唐李商隐“君问归期未有期，巴山夜雨涨秋池。何当共剪西窗烛，却话巴山夜雨时”一诗中提到的带有浪漫爱情色彩的巴山吧！这平白为她增添了一份朦胧与神秘。

当我们经过艰难跋涉到达山脚时，当这片魂牵梦萦的山林就这么静静地展现在我的眼前时，当我以仰望的姿态走进它时，我感到连日来的疲惫一扫而空。“缙云山”这出尘脱俗又不乏温暖的三个字，早已扎根在我心灵深处。我喜欢这个名字，喜欢这世外桃源，就像喜欢心灵相通的朋友。

虽已入冬几日，缙云山依旧是秋天的模样。

凝神抬望，但见峰峦起伏，重叠环绕，山路蜿蜒深邃，漫山碧树，织就了深秋的绿锦。到处是山峰竦峙，壁立千仞。满山松竹、红杉和知名不知名的杂树，一片接一片，一丛连一丛，葱茏、苍翠，遮径蔽路。从山麓一直拥上山顶，那绿色铺天盖地，映入眼中让人心驰神往。

此时，千山初醒，朝云出岫，薄雾缭绕。不禁想起宋代画家郭熙对山做的一个很形象的概括：“春山淡冶而如笑，夏山苍翠而如滴，秋山明净而如妆，冬山惨淡而如睡。”山，是一种诗情画意的朦胧婉约派的浪漫笔调，是浓墨重彩的中国山水画上一道道淡雅别致的墨痕，给人留下的，是无限的遐想与向往。

古语说：“仁者乐山，智者乐水。”不意此山中竟可以兼得山水之乐。沿大道行，黛湖犹如一位神秘的美人，渐渐在你眼前揭开了半遮的面纱。“西方有石名之为黛”“远山如黛”，“黛湖”这湖的名字当真别致非常。湖水春夏青翠，入了冬季便成为寥落的湖，极冷的时候或是凝结薄薄的一层冰。唯有秋天，水色，是浓厚的天青。宛如一块儿纯净的青绿宝石，嵌在崇山峻岭之间，有白鸟飞过，划破水面的平静。而后水又复平如镜，朵朵白云，青青山影倒映于湖面，山光水色，融为一体。两岸的秋山袅娜迎人，有几簇苇丛，几弯村落，在那里点缀。青山绿水，可以洗尽尘心。高山流水，如果伴有瑶琴知音，又该是怎样一种赛似神仙的生活？因为山的魅力，极向往“种得春风二顷田，远离红尘万丈波”的生活，虽然只是纯美的想象，但它却承载着数千年无数文人墨客沉重的心灵寄托。

山中，道路蜿蜒曲折，像一条彩带从云间散落，前面的游人似一个个小白点，零零星星散步在彩带上，缓缓地向上移动着。我们又来到慕名已久的“白云竹海”。满山的翠竹，风中摇曳，发出天籁，那是谁吹响了一支巨大的竹箫。当一阵风吹过的时候，竹海上涌着暗浪，一浪推着一浪，一直涌到很远，你很难知道那一片嫩青色和墨绿色的竹海有多深。只看竹浪的起伏和它的气势，就可以想见它的深度。缙云山的这片竹林属天然生成，千百年来历经风霜坚韧不拔，终成这瀚海般的大气候。置身其间，只见苍翠挺拔的老竹如身披甲胄的武士，而娇嫩新竹却像柔情似水的少女；疾风过处，一排排竹林就像金戈铁马气吞万里，而后风吹竹叶轻轻拂面，又显得万般温柔、宁静和幽雅。欣赏是一种天性，更是一种悟性。平视，竹竿层层编栅栏；仰望，竹叶摇曳筛阳光；俯视，冒头竹笋嫩嫩绿绿。空气中弥漫着竹香，吸纳间焕发着舒畅，融进竹海之中，一种回归之感油然而生。

最妙的是俯瞰竹林云海，但见碧绿翠竹波涛翻滚，白色云气蒸腾，煞是好看。远眺群山缭绕缥缈，似乎进入了仙境，乳白色的云纱飘游山腰，像仙娥在轻轻起舞。氤氲山气，如一副神奇的轻纱帷幔，精致而婉约地绘成了一幅变幻莫测的画卷。“云海路长天杳杳”，莫非，踏上云海铺成的道路便可以直通天庭吗？“际天云海无涯”，今天终于体会到古人诗中云海的壮阔！

欣赏过“白云竹海”，又翻了一段山，经过半个多小时的攀登，终于登上了山顶——狮子峰。恭候眺望的迎客松傲立石上，连理松并肩齐眉，一大片松林清雅如弹奏的竖琴……知名或不知名的漫山苍松，清颀伟岸挺拔孤傲，深深扎根在瘦土岩隙。还有一石头雄狮镇守山顶，俯瞰虚空。白云迷漫，环视群峰，云雾缭绕，一个个山顶探出云雾外，似朵朵芙蓉出水。峰峦如洗，历历在目，青翠欲滴，看上去好像近了许多，也陡峭了许多。这无与伦比的壮美，确是"无限风光在险峰"啊。天气已有些寒冷，我却感受到山的温暖，对于我许久不曾探望，山没有抱怨，没有抛弃，一如既往地容纳我，把最美的一面展示给我，这是何等的坦荡与气度。

山是一部辞典，年轻时读她薄，年长时读她厚。"横看成岭侧成峰，远近高低各不同"，让人类看了千万年也看不完。人生，何尝不是像群山一样有高峰亦有低谷，然而人只有不断攀登，才能领略迷人的景色。汪国真向登高的人说出了经典名言："没有比脚更长的路，没有比人更高的山。"其实人生的无限风光全在生命的后半段时光，那时我们已经历了人间的酸甜苦辣；明白了曲折迂回的道理；看破了红尘名利的角逐；感悟了生老病死的必然规律，所以能站在顶端领略人生的真谛。

我想，纵然身处顶峰，我也不曾征服过山，山更也从没想征服任何人。我与山，只有一种彼此知遇之感在心间，值得"相看两不厌"，静静相对。山的情怀是用山的精髓写就的，山的情怀不只在于无限风光在险峰的昂扬奋进。山，她以岩石为骨，以土壤为肉，以花草树木为帽，涵养水源，孕育山泉湖泊，生养草木，包容各类飞禽走兽。乃至居于山中的人，可称之为博大。因其能俯瞰大地，洞察生命的真谛，岁月的变迁，可称之为巍峨。因霜雪不能增其高，雨水不能损其容，所以称之为永恒。缙云山淡然地面对了世间的一切，“江流天地外，山色有无中”。因为它的浩然正气，“猝然临之而不惊，无故加之而不怒”，无论风吹雨打，依然矗立于春夏秋冬……

» 吴丹，笔名了人，重庆市作家协会会员，重庆市南岸区作家协会副主席。

◎ 梦桐疏影

诗意缭绕缙云山

一

深山孤寺，灯影摇曳。窗外夜雨疯狂，稀里哗啦击打着古木苍竹，落得没心没肺。山洪滚滚，很快涨满了秋池。一位诗人透过朦胧的雨幕，倚窗远望，思念铺天盖地而来。“君问归期未有期，巴山夜雨涨秋池。何当共剪西窗烛，却话巴山夜雨时。”

一首《夜雨寄北》让无数人沉醉于巴山夜雨带来的寂寞与沸腾。李商隐把一座巴山写得如梦如幻，如泣如诉，让人充满了无数神往。巴山自然不是寻常的巴山，而是情感的山岳，是诗意的桃源。为此，巴山千古而闻名。

“平生幽事还拈起，未觉巴山异故乡。”（陆游《林亭书事》）“唯是相君忘未得，时思汉水梦巴山。”（白居易《洛下闲居寄山南令狐相公》）……很多年以来，我一直以为这座诗意缭绕的巴山只存在于这些缥缈的诗句中，也可能泛指巴蜀之山。可有人考证巴山就是缙云山，并有很多诗文为证。我知道时，惊喜莫名。缙云山位于重庆北部，绵亘于北碚嘉陵江温塘峡畔，层峦叠翠，绿波汹涌，山中修竹挺拔，野花缤纷。常年烟雾缭绕，云蒸霞蔚。我的家乡位于璧山五龙，毗邻北碚。自然，缙云山也成为我的“乐园”。著名诗人傅天琳说：“世界上有很多山，没有哪一座山能如此令我心动，这就是缙云山。”此话亦表达了我的内心。从小到大，山里山外跑来跑去，这座山带给我太多太多。

我的童年，像一粒种子，落在哪里都会生根开花，但最美的还是落在了缙云山上。清晨醒来，抬头一望，青色的巨龙在东方的云雾中蜿蜒而来，一天便拉开了序幕。我和姐妹们早早起床，背着背篼去山中捡柴，采野花，然后饿着肚子唱着歌，一路小跑回家来。旁人看来小小年纪要走上四五个小时（家与山相隔两条溪谷，看起来很近，实际很远）去背柴自是一种艰辛，对于我来说，则是无上的快乐。缙云山，如同一座发光的花园。树那么绿，花那么艳，连阳光下的阴影都斑驳得非常富有诗情画意。

我们的小学、初中春游，目的地除了北温泉，一定是缙云山。全班同学，个个穿得整整齐齐，一路欢声笑语。偶尔也坐五分钱的车，很多时候五分钱也是要节约的，澄江到三花石那段，全程步行。沿着石级，攀上狮子峰，看起伏的绿海，看不远处的北碚城，似乎天下尽在眼中。少年的眼睛发出明亮的光，对世界充满无限憧憬，对大山有着深深的感恩。它所带来的欢乐和美好是一生享用不竭的。游玩一整天依旧感觉不够。直到黄昏来临，夕阳照进茂林深处，风摇影动，光亮像星星挂在树梢，无数碎金洒满林子，还舍不得离开。

我有一两次和好朋友一直玩到月出东山，照得山林幽寂神秘。这个时候才发现，喧嚣的人潮褪去，大山才显出了它本来的温柔和静美。寂然空阔，清脆的歌声在风中响起。此刻，一只蝉蜕轻轻掉在身上，或者一枚松果“啪”地坠落，捡起来，开心地装进口袋，这也是大山给我们的一份小小礼物。

大山馈赠给我们的太多太多，最重要的是不知不觉中将诗意的种子、淳朴厚道的品质播撒到每个人灵魂深处。漫漫岁月里，这些种子生根、发芽，成长为一片绿色森林。

二

一座山，对孩子来说是乐园；对大人来说是宝藏；对少年来说，可能就是精神的修道场。

遥想千年之前，少年冯时行登上狮子峰顶，看到夕阳惨淡，乌云翻滚，他的心中涌动着怎样的激情？他苦读诗书，深思天下事，只为有朝一日宏图大展，报效国家。与他朝夕相伴的是缙云禅院的晨钟暮鼓，山林的鸟鸣蝉唱。清晨，他在缙云寺山门前的洛阳桥，迎着朝阳，和着风声，高声朗诵诗文；黄昏，松竹之下，八角池边，他沉醉于大自然，潜心作诗习字。

清静幽深的缙云山给了少年冯时行丰厚的学识、深刻的思想和开阔的眼界。他满腔热血，奔赴京都，一举考中状元，为巴渝第一状元。然而生不逢时，国土沦陷，大厦飘摇。一身学养，满腹正义，官场却屡屡失意，几多坎坷，跌跌撞撞，最后不得不重回缙云。大山以其博大的胸襟如父母一样接纳了他，又如同恋人一般温柔地安抚他那颗沧桑而破碎的心。“卜筑缙云山下村，缙云山色青满门。承当春色花成段，领略朋簪酒满樽。”（《题毛祖房屋壁》）卜居山野，清风流水，他在这里又一次度过了十八年的寂寞时光。厚厚的四十三卷《缙云文集》，则是这座山赐予他的丰厚的精神财富，也是留给后代瑰丽的文学之宝。有时闲得无聊，翻读其中一些古诗，“昨夜风吹茅苇纷，今朝急雨洗崖痕。山山霞没江喧枕，树树鸠鸣云到门。隐几真心开瞑照，翻书老膝痹危蹲。山居染得疏慵病，无复功名皓首论”（《雨中书事》），惊叹一座山竟将一个人的欲望洗涤得如此干净，灵魂如此清澈。

三

山水风光、诗意哲学、文学精神、宗教理念等交汇渗透，使得一批又一批文人仰慕追寻，缙云山成为他们心驰神往之地。除了李商隐、冯时行，随手一列，就是一长串名单：唐代王维、杜甫、司空图，北宋宰相丁谓、理学家周敦颐，清文渊阁大学士张鹏翮以及近现代的黄炎培、林森、冯玉祥、老舍、田汉、夏衍、郭沫若、梁实秋……他们来到缙云，览过九峰，观过日出；或宿过古寺，闻过涛声，留下了无数名篇佳构。一座寻常的山滋养出的文化竟如百花盛开，鲜艳夺目。特别是抗战时期，战火纷飞的重庆，缙云山真算得上是一片宁静的仙境。那片繁盛森林，确实让人舒气安神。

“拔地横九峰，石惟一卷耳，天绘护云霞，晴光炫红紫。朝晖状万千，暮彩散余绮。赤城起建标，应与叹观止。”清代王梦庚这样盛赞眼前之景。

“淞波秋泪翦，巴雨夜愁灯；国破家何在，兹游感不胜。中兴关世运，偕老得吟朋；蜀国三离碓，嘉陵见示曾。”民国时的黄炎培发出如此感慨。

“相思岩下相思寺，相思树结相思子，相思鸟惯双双睡，相思树自年年翠……”于右任的诗表达着自己对故土的无限思念。

还记得2016年10月的一个黄昏，西南大学、缙云山，甚至整个北碚城似乎都飘荡着柠檬的味道，“不热烈，只有温馨”，有着无法表达的悠长的诗的味道。遇见的每个人脸上都笼罩上一层淡淡的诗意。“美丽北碚和她的诗歌女儿”傅天琳经典诗歌诵读会在西南大学举行。这位鲁迅文学奖获得者曾在缙云山农场工作过十九年，人生最美好的年华。缙云山用它酸酸甜甜的果实与干净的雨水喂养了她。20世纪80年代，傅天琳带着自己以农场果园生活为题材的第一部诗集《绿色的音符》步入诗坛。这些诗句有着缙云山树叶的芬芳和泥土的深情，并因此获得了第一届全国优秀新诗（诗集）奖。2010年她又凭借《柠檬叶子》摘得第五届鲁迅文学奖全国优秀诗歌奖的桂冠。

傅天琳的诗意与生命可以说都与缙云山有着紧密的关

系。缙云山的果树，染绿了她的双眸，染绿了她的思想，嘉陵江水成了她精神的血液。一座山成就了她的诗歌，也淬炼了她亮丽而谦逊的人生，她被大家亲切地称为“果园诗人”。没错，缙云山上的果园与她的精神深度默契，在大山一般的静默中，诗人亮出了人生最高贵的风采。

林海云深处，一花一叶一世界。缙云山，是一部古老的历史，也是一部厚厚的诗经。读其轻盈浪漫，读其险峻峻拔，读其厚重深沉，读其大气豪迈……

» 张鉴，笔名梦桐疏影，重庆璧山人。重庆市作家协会会员，重庆市璧山区作家协会副主席兼秘书长。

◎万启福

李商隐夜雨寄北

提起巴山夜雨，人们就会联想到唐代著名诗人李商隐那首脍炙人口的《夜雨寄北》：

君问归期未有期，巴山夜雨涨秋池。
何当共剪西窗烛，却话巴山夜雨时。

因为李商隐没有具体标明这首诗作于何地，诗中的“巴山”“夜雨”的原发地，历来各说不一。大致有四川南江上两及三台、重庆渝中区佛图关、渝北铜锣峡以及北碚缙云山等地。

究其实，巴山这个泛指，涉地虽多，而北碚缙云山最接近李商隐诗中的“巴山”。

据南宋祝穆撰《方舆胜览》记载：“巴山，在巴县西南百二十里。其山高耸，上有白水，相传黄帝于此山合神丹。”因此，缙云山古称巴山。这称呼相沿至今。

缙云山林木蓊郁，九峰滴翠，空气润湿，年平均降水量一千六百余毫米，4至9月降水量一千二百多毫米，占全年的75%；春秋两季间的夜雨，其比例高达75%以上。每年秋至，阴雨霏霏，绵延不断，夜间尤甚。缙云山的夜雨，高于巴蜀各地。

渝北区拥有三条山脉：华蓥山脉、铜锣山脉及明月山脉，与北碚同处于北纬 30 度，其气候与北碚大致相同。然而常年平均降雨量一千一百毫米，且是初夏多雨。北碚却是秋季多雨，夜雨尤甚，与李商隐诗中的巴山夜雨契合。

巴江其说纷然。学者论及与李商隐《夜雨寄北》同时的五绝《巴江柳》之巴江，系四川三台涪江水系的巴江。其实在巴蜀，巴江巴峡甚多。嘉陵江重要支流渠江，两晋时称巴江、巴水。巴河源自南江大巴山，在渠县三汇镇与州河汇合，始名渠江；一般以巴河为其正源。《三巴记》云：巴江指四川嘉陵江。

有学者认为渝中区鹅岭佛图关是《夜雨寄北》的写作地。佛图关建于何时？《一统志》说："地极险要，建始不可考。"《重庆文物总目》记载，夜雨寺"建于清道光十一年（1831 年）"。似乎泊不住唐朝的船。而佛图关所在的渝中区，年平均降雨量一千余毫米，夏天雷雨多，与北碚的巴山夜雨相去颇远。

众多的析读似乎忽视了缙云寺、北温泉以及文本本身。

缙云寺创建于南朝刘宋景平元年（423 年），同处一山，缙云寺为上寺，钟鸣九峰，温泉寺为下寺，汤温幽谷。唐宣宗大中元年（847 年），宣宗皇帝敕封缙云寺为相思寺。李商隐为情诗圣手，在唐大中二年即慕相思之名逐香而来，顺理成章，颇合心迹。其次，李商隐喜欢温泉，曾诗咏骊山华清池，温泉寺的温泉也定然会撩拨他心旌。此外，唐代画圣吴道子钟爱嘉陵江水，画过名动天下的《嘉陵山水图》。李商隐羁旅漂泊，性耽山水，嘉陵江小三峡风光之美，冠绝嘉陵水域，对他具有充足的吸引魅力。

那么，唐大中二年，李商隐到过北碚极有可能。即使不问王氏生卒，将《夜雨寄北》系于李商隐东川作幕时，他是有可能游览相思寺与北温泉的，毕竟梓州（今四川三台）与北碚一水相通。

再看文本，“君问归期未有期。”如果李商隐走小川北道，由万县开江弃船走陆路，陆路比水路快，且可不受汛情限制。无须说甚“归期未有期”。这一句恰说明他可能是水陆兼程，张飞走过水路，李商隐当然也可走水路至缙云山温塘峡，阻其归期的，则是行舟被阻。（同理，由梓州陆路归北，途经南江上两，也无须说甚归期未有期。）

“巴山夜雨涨秋池”是“君问归期未有期”的回答，“涨秋池”的“池”的释解至关重要。温塘峡口的大沱口，是嘉陵江小三峡所有水沱中最大的水沱，水势汹涌，中有大旋涡，经常翻船。一涨水舟旅不行，滞留于沱下金刚碑。嘉陵江八至十月，巴河的“强盗水”涨过，保宁河、涪江也相继涨水，甚至三江齐涨，加上巴山水涨，洪波出峡，舟旅阻滞。

而诗中这个“池”，按词典解释，含义也包括湖泊，诸如天池、滇池。大沱口似湖池。浅解“池”为窗前小水池，小池微澜，不足以阻断航程，能阻断李商隐归程的，应是奔峡而出的洪水。

李商隐遇洪水停桡之地，很有可能是金刚碑。这个地儿对于他有两重便利，一是泊舟避洪，二是可游相思寺，近可游温泉寺，稍远可游缙云山，山中有相思寺、相思岩、相思竹、相思鸟……

宋状元冯时行卜筑缙云山麓，写过一首《春日题相思寺》，诗云：

系艇依寒渚，扶筇上晚林。
山山春已立，树树雨元深。
扫叶移床坐，穿云买酒斟。
相思思底事？老大更无心。

冯状元系艇的地方应是金刚碑，“寒渚”，是金刚碑沱中地貌；“扶筇上晚林”，则是爬坡到温泉寺，或由温泉到缙云寺。

《夜雨寄北》的“西窗烛”饶有意味。金刚碑屋子的西窗正对大沱口及温塘峡西山坪。而这也是李商隐妻子倚窗对望的方向。

《夜雨寄北》《夜雨寄内》，“巴山夜雨”被提及两次，相思意绪如秋雨，绵绵不止……

试问如此巴山如此秋雨，如此秋池，如此相思，何处可寻？这么多的节点有迹可循，恍若珠子连成一环，合合适适地戴在了北碚的脖子上。

» 万启福，重庆市作家协会会员、重庆市北碚区作家协会名誉副主席，重庆市第十四届精神文明建设“五个一工程”奖获得者。

◎土 洪

缙云登山乐

我和老伴喜欢登缙云山，就是在入伏的夏季，也是乐此不疲。

黎明，我们便开始登山，看对面山顶的太阳，像一红球，喷薄而出，带红了东方的云彩。每天的天光都不同，我们抓紧时间拍摄。现在智能手机的普及让我们这些不太专业的老人也能捕捉到日出美景。日久天长，我们在登山途中找到几处最佳拍摄点，拍摄的日出美景就越来越多，有时在微信的朋友圈晒一晒，获的点赞还真不少。

边赏日出边登山，不用半小时便到了半山森林的绿荫道中。虽然大汗淋漓，但山风吹来，润润的，爽爽的，让人特别舒服。太阳升起来了，阳光透过浓密的树林斜射进来，形成千千万万条光柱，投影在山间的石道和石壁上，像金底淡墨的中国画长卷，把各种枝叶的技法都呈现其中，真好看！

这是缙云登山梯最平缓的一段路，石板路顺着山势一弯又一弯地延伸。我们喜欢在这路上来回行走。先是疾走两个来回，你会发现周围的绿，是那么丰富。缙云山的森林是混交林，楠竹是淡绿，杉树是深绿，松树是墨绿，而每棵树，每丛竹，从上到下又呈现不同的绿色，太阳光的照射，又把千万种绿染上一层金色。山道里，浓荫中，赏绿是美的享受。

我们再缓行两个来回。这时静听鸟鸣蝉叫，山风起伏，松涛伴和，山泉微响，大自然的晨曲是那么美妙。我们忍不住在山道里放声高唱，山谷回荡，情绪高昂。也许是山里氧气充沛的原因吧，平时唱歌总感觉气短，在这里唱歌特别来劲儿。我们把过去熟悉的民歌、现代样板戏曲、电视“老年福”频道教唱的歌，都尽情地唱，欢快地唱，直到尽兴。

平日登山的人很多，大多是像我们一样的退休老人。而到了周末和节假日，上班的年轻人则成了登山的主力军，整个缙云健身梯顿时沸腾了。他们呼朋唤友，携妻带子，前呼后应，笑声闹声一直延伸到白云竹海。

白云竹海是缙云山胜景之一，它是俯览北碚城的好地方，“山如碧玉水如黛，云在青天月在松”，便是这里的写照。这里又是“农家乐”集中的地方，登山的人们大多在这里吃午餐。然后，或在楠竹林的吊床上美美地睡上一觉，或在林中漫步、赏景、娱乐，最后带着全身的轻松，迎着晚霞踏歌而归。

回想二十年前，我与西南师范大学（今西南大学）的专家教授一道调查缙云山旅游资源，发现这里的美景迷人，但当地的山民却特别穷，整个白云村全年集体收入不足一万元。马延华、汤大清两位老教授主动为村里义务搞旅游开发规划。他们带着几个年轻的研究生，寒冬腊月住进农家，搞调查，绘图纸，向村民们传授生态旅游的发展前景。北碚区政府又投资引来山泉水，建成供水设施，组织村民们统一按要求将农房改造成“农家乐”，还修建缙云健身梯，使村民们走出了一条绿色致富路。

十多年来，缙云山下崛起了一座美丽的北碚新城，经济上的突飞猛进更让人们崇尚绿色。绿色越多、越丰富的地方，休闲的人就越多。白云村村民过去靠砍伐竹木换取生活费用，今天他们将绿色看作致富之宝，自觉地进行保护，真正地体会到“绿水青山就是金山银山”。

有登山者说：“缙云山是我们北碚人的福祉。”我们喜欢登山，也是乐在其中。老伴还编了一首歌经常在山里唱：

高高的缙云山哟挂着我们的梦，
长长的健身梯哟留下我们的歌。
爬坡上坎脚下的路，
越走心里越快活，
看苍松翠柏，享天然氧吧，
日子在爬山中梭，
有盐有味，有盐有味多快乐！
哟哈嘿，哟哈嘿，
爬山健身，爬山健身！

» 王洪，重庆市作家协会会员，重庆市北碚区作家协会名誉副主席。

◎秦 俭

缙云秋雨

巴渝之地多雨，春秋两季，停停下下，缠绵不绝，连续数日不见阳光，常令北地少雨处的来客难以忍受。记得一个阴雨天去机场送机，在候机楼碰到一位来渝旅游的加拿大人，交谈时，他一直焦虑地望着大厅外阴沉沉的天空，急切地问我：“Where is the sun?” “Is it day or night?”似乎没看见太阳是一件极其严重且不可思议的事情。看来，没有经常感受雨水对季节与物华的浸润，当真是领略不到雨天的妙处的。

一

今年山城的秋来得急，只一晚，原本气焰嚣张的炎夏，突然就偃旗息鼓，悄没声儿地溜不见了，再没有像往年那样还要凉热交锋几个回合。接下来的缕缕秋凉，便化成一丝一丝、一颗一颗的雨，淅淅沥沥到了深秋。

缙云山离重庆市中心五十余公里，古书上说，“黄帝于上合神丹药，故山得名焉”，山有古刹，景色清幽，身为北碚人，得常与此山为伴，实为幸事。这个季节，雨下得不大的天气，冷热合度，正宜入山中挹秋赏景，去看看秋雨的颜色。

雨天来爬山的人不多，山里很寂静。隔远一点儿望去，山腰以上云遮雾绕，若仙气袅袅，不见山的真容。

循山道而上，走过农家村舍、田地后，植物开始繁茂，油绿的茶树、紫乌的刺莓、金色的柑橘以及各种不知名的山花、草木，着了雨水，一律比平常润泽鲜亮。而漫散在叶片上、花蕊间的雨，竟泛着与植物浑然相融的各色水光，像本来就是彩色一般。山间的小径边，时有山泉淌出，泉水在石上撞出水花，雨落上去，漫起乳白色水汽，又全不似植物上色彩缤纷的雨水。或许，这缙云的秋雨，是一位擅调色彩的魔法师？

不觉间，高大的乔木多起来，渐入密林了，老野茶树、松树、柏树、红豆杉……各种高大的乔木密密丛丛，遮住了天光，天色陡然昏暗，山突然沉入深深的静谧，些许神秘的气氛在林间浮荡，将人顿时带入一方世外天地。缙云山的植物虽以常绿为主，秋天，亦会间杂些纷披着红叶黄叶的树，像林间的信使，报告着秋的讯息。地上，树叶落得更厚实了，树上，树叶绿得更深浓了。

缙云山素以植物种类丰富、林木繁盛著称，宋代《舆地纪胜》中已有记载，说缙云山“林木郁茂”。这些高大的树木，不知已历经多少载风雨，看过多少世事变迁？它们的生命，经历过什么样的枯荣？轻轻抚摸粗糙皴皱的树皮，就像抚摸到了岁月的年轮。秋雨沙沙，是在讲述那些收藏在历史里的往事吗？

亮晶晶的雨滴从高大的树上滴落，林下大丛大丛的蕨类植物、鸢尾叶片上那些雨水聚成的晶莹剔透的琼珠，也顺着叶尖滑落。高低错落，颇有情致。闭上眼，深吸一口清凉的空气，被雨滴唤起的林间落叶香气四溢，顺着呼吸沁入肺腑，好似无数草木精魂在刹那舒醒，脑际顿时充盈了林间清美的灵气。

停下喘气、擦汗、大口呼吸，然后继续前行。

不久，一大片翠绿的竹林出现在眼前，修竹碧影，一望无涯，是白云竹海了。山脚看到的茫茫云雾，即是半山间的飘飞细雨。而竹林里的雨，更细得像漫无边际浮散着的水汽。雨雾将竹上凝翠洇开，幽篁冰碧，在浅浅淡淡的绿烟里，似真非真，如梦似幻；竹雨凝成澄碧的翡翠珠，一点一滴，敲在石径上，漾开无尽的秋意与诗韵。

古书云，“西北为缙云山，山有迦叶尊者手迹。上有相思寺，生相思竹，形如桃钗”，“缙云山相思岩产红豆，树高数丈，实如豆，色正赤，名相思子。又产相思竹，形如桃钗。又有相思鸟，羽毛绮丽，巢竹树间”。此处竹海距更高处的缙云寺（相思寺）还有相当一段路程，竹海的竹，也多是慈竹（不知是否其间亦有相思竹）。然而不必去寻迦叶的微笑，潇潇竹雨，碧烟流泉，白云观悠悠落入空山寂林的钟声，已足以让人忘俗；然而不必去寻相思豆、相思竹、相思鸟，禅意氤氲中，一念无处安放的怅然相思，自自然然就萦上心头，挥之不去。那初以相思为寺名的人，是否也在这样的情境中，有过这样的思绪？在清绝如斯的地方，想起的是那句“不负如来不负卿”，可见我终究是一个愚钝的俗人。

竹海中待久了，热汗渐干，凉意随山风如水浸漫而来。向竹海边的人家讨一壶热茶，于是，一路的雨色，便都沉淀杯中，堪待坐下慢啜细饮。不知今夜秋雨入梦，会是什么颜色？

二

自古以来，秋雨就是入诗入文的好素材。数点秋雨声，入酒、入茶、入诗、入心，成就了无数或凄苦愁绝，或缱绻悱恻，或闲愁深恨，或萧疏寂寥的优美意境。

说到关于秋雨的古诗，不能不提及李商隐的那首脍炙人口的《夜雨寄北》，因为，此诗与缙云山大有关系。

宋朝王象之所撰《舆地纪胜》中说：“巴山，在巴县西南一百三十里，又名缙云山。”明代的《蜀中广纪》亦说：“缙云山……黄帝所以觞百神也。《方舆胜览》即谓之巴山矣。”《蜀中广纪》所说的《方舆胜览》也为宋人所作。宋去唐不远，宋人说缙云山是巴山，想来是大有可信度的。虽然《夜雨寄北》提到的巴山是哪座山，至今众说不一，并无定论。但北碚人确信，自己身边这座“禹别九州之前”就已存在、黄帝在此合过丹药的缙云山，就是李商隐写作《夜雨寄北》的巴山。在缙云山秋雨潇潇的夜晚，将此诗细细读来，自有别样的感受。

“君问归期未有期，巴山夜雨涨秋池。何当共剪西窗烛，却话巴山夜雨时。”一千多年前，大约也是这样秋雨的夜晚，山气清寒，屋外雨声潺潺，屋内只影映孤灯照壁，听着“巴山夜雨涨秋池”的秋声，我们不知道诗人的思绪在为谁纷飞。但是，思念如“夜雨涨秋池”的空山秋夜，空气中满溢的孤寂与幽思，蕴含着耐人寻味的审美意韵，所以，身犹在此，而诗人已在想象他日的“却话巴山夜雨时”，知道在将来的某天，他会在一个温馨的场景，去怀想、去追忆此时此境此思。我想，那夜巴山的夜雨，一定和如今的缙云秋雨一样，有寂寞，有思念。而那些寂寞与思念，因带了诗人心口的温度，有所归依，便不是一味地愁绝凄苦，绵长的思念与简短的诗句便有了一抹宁和的暖色和深远的意境。

不知李商隐的巴山夜雨飘飞千载，在不同的相思里，还有多少解读？

缙云的秋雨亦是李商隐诗中的秋雨，在不同的心境里，飘飞着不同的雨丝。

有的时候，数日秋雨缠绵。雨滴空阶，雨打芭蕉，冷雨敲窗，梧桐更兼细雨，秋声恼人，不免有浓浓的秋意袭上心头，令心中生出“夜雨做成秋，恰上心头”的苦涩。随手取一本书翻阅，心绪却总被房外的雨声搅扰，侧耳去听，风雨的萧瑟，又为寂夜平添出几分孤寂。白天的喧嚣褪尽之后，夜雨的私语切切，勾起蛰伏在心中的那些隐秘情绪，不小心就如蔓生的荒草长满整个夜晚。

是的，不似万物生长之际的春雨，轻轻洒下一片细碎的沙沙声，仿佛在温柔摩挲着新生命稚嫩的面庞，让人心中油然而生听见绿芽初发、新笋破土的欣喜，“悲哉，秋之为气也”，秋雨总容易带给人更多的伤怀，更深的思量。

这样的夜晚，暂时忘掉所有的不称意，在屋里守一盏暖橙色的小灯，捧一杯热茶，让心慢慢沉静，听檐下雨水滴嗒，敲出天籁；或者，拥着暖暖的被窝倦读，然后枕一山秋雨入梦，睡眠总是格外香甜沉酣。山居秋雨，可以让夜晚这样宁静而美好。

也有很多时候，缙云的秋雨，入夜而来，天明即止。雨过秋山的低吟浅唱、雨洗山林的清新气息，只允许秋意将深铭于心的离愁别绪浅浅带起，哀而不伤。待得天明，雨后的山色林泉，境清景明，令一夜忧思澄澈无影。秋雨、秋景、秋意、秋境、秋愁、秋思，一切都恰到好处。山居秋雨，可以让季节这样神清气爽。

缙云的秋雨，是自然斟予岁月的一杯芳香四溢的清茶，在苦涩回甘的隽永里回味，在季节的轮回中一次次聆听。于是，缙云的秋雨，会渐渐变成心情，变成故事，变成知己，变成岁月中的深情陪伴……

所以，我把这一季的相思安放在缙云的绵绵秋雨中，不知它，会湿了谁的衣衫？

◎钟 枚

北碚观音峡记游

也许是生活太忙了吧！有不少身在北碚的人，至今也没有乘坐木船游览嘉陵江小三峡的经历，可我却有幸乘坐木船游览了其中的观音峡。尽管五十多年过去，如今忆来，竟鲜活如初。

记得那是1960年“五一”国际劳动节后一个周一的上午，当时，我和一些同学在老师的带领下，从北碚正码头乘坐木船到蔡家场去“支农”——即帮助那儿的农民抢收抢种粮食，这也是当时中学生的必修课之一。尽管渝碚公路早已通车了，在北碚车站也有定时的班车到蔡家场去，但由于当时正处在困难时期，不但车站缺少汽油、柴油等石油制品，而且班车也很不准时，所以，学校就选择了走水路。

尽管我们所乘坐的木船是顺着湍急的嘉陵江水往下航行，但船工们在正码头的港湾里调转船头以后，还是架起了几支木桨，一边喊着“嘿左、嘿左……”等简单的船工号子，一边又使劲儿地划水。不经意间，右岸的北碚城区和左岸的黄桷树街道已经一闪而过，又经过了朱家沱和毛背沱之后，木船进入了文笔沱，来到观音峡口。

记得在儿时曾听老人们说过：“观音峡又叫文笔峡，是因为在峡口有文笔石和观音阁而得名。”可惜观音阁早已在明清时期就被战火毁坏，故到现在看不到一丝痕迹，而那当地人口口相传的文笔石也在进峡时一晃而过，一点儿也没看出“巴渝文笔之兆”的特征。

进入两山夹峙的观音峡后，掌舵的驾长热情地给我们介绍说：“看见了吗？这是飞蛾山，那是鸡公山……”循声望去，但见左岸是在北碚城区难得一见的飞蛾山，观其山的起伏形态，的确像一只正欲展翅的飞蛾，且山上大多是松树；而右岸则是在北碚城区也能够看见的鸡公山，山上除了青青的松树和一些低矮的灌木之外，还有许多翠绿的竹丛。正暇想着数十万年以前的嘉陵江水是如何“凿”山而过的情景时，掌舵的驾长又接着提示道：“它们都是中梁山的余脉，再过去就是华蓥山了。”还没等我们回味过来，抗战时期曾声名远扬的白庙子已出现在我们眼前。

这个时候，白庙子已经开始衰败——由于天府煤矿的主矿井已经从后丰岩转移到刘家沟和磨心坡，故白庙子不再是天府煤炭的转运集散地，而四川第一条铁路“北川铁路”也因之撤迁到磨心坡至黄桷树去，这就不可避免地导致了白庙子的败落。抗战时期繁忙鼎盛的白庙子，而今已是面目全非，到处都呈现着人去楼空和断垣残壁的景象。只有陡坡上那坚固的“梭煤糟”、坡下那些鳞次栉比的房屋及狭小的街道，还在无声地述说着昔日的辉煌。尽管坚固如昔，但“梭煤糟”也是杂草丛生、人迹罕至。昔日的房屋和街道也逐渐破败，很难看到一个游人。码头上空空如也，早没了“樯帆如云”的盛况……一片寂寥清冷的景象，让人不忍再看。

回过头来，只见右岸峡壁的山腰间有一些呈网状的溶洞群，它们时隐时现，洞口各异，大小不一。也许是昨夜下了一场大雨的缘故吧，有几个溶洞口正喷涌着几道瀑布，那瀑布迭落在嘉陵江畔的岩石上，好似飞雪溅玉，令人赞叹不已。只可惜其中一个溶洞正被附近的采石场“侵蚀”着，要不了多久，就会像江左岸的“张飞洞”那样荡然无存。

也就是在这个时候，江左岸上那些“干洞子”“张飞洞”等都已经名不副实了——“干洞子”早已不干，它被人疯狂地开山取石之后，如今已有水流出洞口；而那因三国时期蜀汉名将张飞率领大军进川途中，路阻观音峡时，在洞中埋锅造饭而得名的“张飞洞”，也早已因人开山取石并在附近烧制石灰而不见了踪迹。

后来查资料我才知道，观音峡全长约四公里，与上游的沥鼻峡（也叫牛鼻峡或铜口峡）和温汤峡（也叫温泉峡或温塘峡）一起被人合称为“嘉陵江小三峡”，其虽不能与闻名于世的长江三峡和近年来异军突起的大宁河小三峡相媲美，却有着自己的特色。咱们北碚的俗话说：“上峡石砚下峡碑，中峡的石磨经得推。”就是说上游沥鼻峡盛产写字用的石砚，中游温汤峡盛产做“河水豆花”所用的石磨，下游观音峡则盛产人们铭刻所用的石碑。而观音峡的玲珑峻峭、挺拔幽深，河道狭窄水深，沿江怪石嶙峋，两岸石壁千仞，悬崖松竹耸翠的奇特景观，又为嘉陵江的其他两峡所不及。有人考证，杜甫诗“即从巴峡穿巫峡，便下襄阳向洛阳”之“巴峡”，即为今之观音峡也。

今日观音峡，除了河道依然蜿蜒曲折和水流湍急之外，在两岸的悬崖之间，左岸有三国时代蜀汉名将张飞率兵所开凿的“匾路”，地形奇特，险若栈道（可惜现在已被开凿为“北土公路”，即北碚至水土沱的公路，原迹已经荡然无存）；而右岸则是新中国成立初期所开凿的“渝南公路”（即重庆至南充的公路）。堪称奇观的是，渝南公路在悬崖峭壁上若隐若现，时而钻入山腹的隧道之中，时而又凌空高悬于飞架深涧的石桥之上。而最为奇特、最为惊险的，莫过于公路从所谓的“老鹰嘴”里穿过——汽车和行人穿梭于“鹰嘴”，形若弹丸，似乎肩起了巍峨险峻的大山，真令人惊叹天功和人功的完美结合！

就在木船即将驶出观音峡的时候，只见右岸有一块儿巨石形如小丘，上有石孔，其形态如同街头小贩所用的“秤砣”。我好奇地向掌舵的驾长打听：“那叫什么？”驾长回答说：“那石头名叫‘秤砣石’。”

话音未落，木船已驶出峡口，又飞快地穿过了右面的“牛屎沱”和左面的“东津沱”，再从两滩夹峙之中直奔下游的施家梁和水土沱。还没等我们回过神来，右岸的施家梁已经看不见了，而左岸的水土沱那些鳞次栉比的低矮房屋和江对岸的三圣庙也一晃而过。

就在我们感到遗憾之时，嘉陵江水的流速已开始平缓了，而江面也逐渐宽阔起来。两岸上除了河滩和丘陵之外，庄稼和房屋也多了起来。看来，此行的目的地蔡家场，已经快要到了！

» 钟枚，本名李仲梅，祖籍荣昌，生长于北碚。先后在《重庆日报》《重庆晚报》《重庆商报》《重庆散文》《今古传奇》等报刊上发表文章多篇。

◎张 昊

“张飞古道”品“三国”

苏学士在《东坡志林》一书中曾记：“涂巷中小儿薄劣，其家所厌苦，辄与钱，令聚坐听说古话。至说三国事，闻刘玄德败，颦蹙有出涕者；闻曹操败，即喜唱快。”可见“三国”故事北宋时便已广为流布，其魅力甚至于可降服“招猫逗狗”的“薄劣小儿”，足以为时下育人者之镜鉴。至于今日，“三国”亦魅力不减，据其所改编尤其以《三国演义》为蓝本改编的影视作品、游戏层出不穷，长盛不衰。这一场“三国热”若从北宋算起，可谓千年来“高烧不退”，令人神往。

“三国”的魅力除了那段波澜壮阔、风起云涌、充满戏剧性的历史之外，更吸引人的恐怕还有那些灿若繁星、豪气干云的英雄人物，而这其中，“三将军”“猛张飞”怕是最接地气也最广为人所喜爱的“三国英雄”之一。与“神化”的“三界伏魔关圣帝君”所不同的是，关于张飞的传说故事很多与吃有关，君不见，有以张飞命名的牛肉、凉粉，又何曾听闻“诸葛兔头”“关公刀削面”？大概粗豪、疾恶如仇的“飞将军”更近烟火气一些吧。有诗赞曰：“生获严颜勇绝伦，惟凭义气服军民。至今庙貌留巴蜀，社酒鸡豚日日春。”

巴蜀本是蜀汉故地，自然有很多“三国”旧迹流传，碚城山水之中便有一条“飞将军”北上阆中时所开的“张飞古道”。《北碚志》有记：“张飞古道，在嘉陵江三峡中，传说三国时张飞北上阆中，在峡东岸凿一便道，穿峡而过，后人称为张飞道。《江北厅志》记载：‘观音峡在厅西北九十里，两岸石壁万仞，沿江怪石嶙峋，水涨过石，舟不敢行。蜀汉时凿有匾路，险若栈道，大水则登岸由匾道出峡，货栈俱不得行。皇清道光十六年（1836年），合川陈大犹等捐金数万，沿岸开凿三峡大道’。”

现今，古道仍存，只是随着数条新通衢的贯通已不复往昔“三峡大道”的雄姿，数年来荒草漫侵，古树占道，不仅“车不方轨，马不并辔”，其险要处已然“才可通人”几可“以一丸泥封之”，渐复“古张飞道”“险若栈道”的风貌。然而这又是另一种“幸运”，所谓读旧书不可不访古迹，尤其《三国演义》这类的“讲史”小说，读书之余非得走一走古蜀道方知古人筚路蓝缕之艰辛，入蜀之不易，出川之难坚。方可知“败走麦城”时蜀兵缘何不救，“火烧夷陵”时孙权为何不追，方可明“能攻心则反侧自消，从古知兵非好战；不审势即宽严皆误，后来治蜀要深思”一联的深意。

碚城的妙处正在于此，域内不仅有以秀美闻名的缙云山、以险幽引人的金刀峡、冠绝重庆五大温泉的北温泉，更富有人文景观。境内千年古刹、文人旧居、抗战遗迹比比而是，能居于此、能游于此，幸甚至哉。行走于“张飞古道”，便可体味此妙：低头品“三国”，举目则古树参天，可猜想何树为“飞将军”所手植；侧目便为“小三峡”之中的“峡岩之半，泉如汤腾”的“温汤峡”。古道之中“古桥横陈，飞瀑流泉，苍松倒挂，怪石悬空。”路旁古寺摩崖，石刻壁立。对岸可望见游人穿行的金刚碑古镇，遥望隐于山中蒙哥汗曾养伤于斯的北温泉。行至终点，则还有一三面环江，仿佛无边界泳池的“野温泉”，可以沐浴，可以泡足，舒一路之疲累，咏“沧浪之水清兮，可以濯吾缨；沧浪之水浊兮，可以濯吾足”之句，不亦乐乎！

宜捡一风朗气清之日，或携美眷，或伴亲朋，带一卷“三国”，拿一壶老酒，缓步慢行于古道，赏嘉陵流碧，品古道幽趣。最当大嚼一束据传为“飞将军”行军时所发明的牛肉干，回想“三国”中的金戈铁马、鼓角争鸣，养一养胸中的“浩然气”“英雄气”，论一论“善画美人”、两女皆为皇后的“飞将军”究竟是“身长八尺，豹头环眼，燕颔虎须，声若巨雷，势如奔马”还是“上马击狂胡，下马草军书”，翩然一儒将。如此种种，足可大抒胸臆、消数日之憋闷，乐哉！美哉！诸贤人君子应做歌唱之，吟诗咏之，写文赞叹之。

» 张昊，文学硕士，重庆市作家协会会员，重庆市北碚区作家协会副秘书长。

◎汪 洋

隐美大磨滩瀑布

中国的瀑布群里，最有名的当属姓“黄”那两道，一为黄果树大瀑布，一为黄河壶口瀑布。它们用奔腾咆哮制造出来的赫赫声威，让我一度固信再难有别的瀑布与之媲美。但遇见位于曾被誉为“小陪都”的北碚的大磨滩瀑布后，我意识到自己有些浅薄。

第一次去大磨滩，并不是为了看瀑布，而是听闻那里环境清幽，安静闲适，凉爽怡骨，堪称避暑胜地。车到北碚歇马镇后，沿西南大学柑橘研究所方向一路前行，不多时便来到了一个叫天马村的地方。跨过横亘在磨滩河上仅容一车通过的老旧水泥桥，再前行约一公里，便有轰然如闷雷般的响声侵入听觉。曾与多道瀑布有过亲密接触经验的我，知道这响声的制造者，一定是闻名已久的大磨滩瀑布。

说闻名已久，未见得它在中国瀑布群里有多大名头。但就拥有数以千计大大小小瀑布的重庆来说，大磨滩瀑布的地位似乎更加独特。那些阔大壮观的瀑布，几乎都藏身在深山密林，偏僻一角，路途遥遥，唯它稳居在重庆主城一隅，抽个空闲就能一睹真容。作为隐身在主城区域内最大的瀑布，大磨滩瀑布曾经拥有极为昭著的历史地位，抗战时期，其磅礴威武的气势，吸引了郭沫若、于右任等无数名人大家竞相踏足，心醉其间。

在轰然入耳的响声中，我驾驶的汽车从一座突兀而起的小山中间凿出的一条狭窄小公路挤过去后，一条岔道豁然出现在下坡拐弯处。即便没有路牌上那根红色箭头指示，从左方传来的巨大水流声，也会诱使你的车轮和脚步情不自禁向左转。左转两百余米后，在激起的一片白茫茫的水雾中，大磨滩瀑布以不可阻挡的威势闯入了眼帘。

见过黄果树瀑布和黄河壶口瀑布等数十道中国大瀑布后，我对这次抵临的大磨滩瀑布是否阔壮，并未抱有太多奢望，仅想的是不用远足，就能在重庆主城区域内享受一次清凉的瀑布之旅。但眼前的大磨滩瀑布，让我立时收起了开始的轻贱之心。

抬眼望去，一道宽度超过十米的水流，裹挟着一往无前的气势，从高近四十米的悬崖上直跳而下，用力撞击着下方不知深有几许的大水潭，激起一片朦胧迷眼的水雾。突然，一阵清风迎面而来，裹挟着飞溅而起的水雾，轻轻地触摸在我裸露的脸颊上、手臂上，一股清凉之意，从皮肤上倾情舒展开的毛孔直接浸入，沿着血脉一路向里，缓缓蔓延到了心脏深处。在这股清凉之意的浸润下，原本的燥热顿时了无踪影。我想起了朋友之前告诉我的话，“大磨滩瀑布就是隐居在主城深处的一块儿避暑胜地，安静，清凉，爽心”，他没有丝毫夸张，这里的确名副其实。

享受着一股又一股绵延不绝的清凉之意的浸润，我收敛起飘忽的心神，仔细观察起大磨滩瀑布来。瀑布顶端的山崖边沿，水流冲过的痕迹约六十米宽，这似乎是在告诉我，瀑布最宽的时候远远超过而今我所看到的。但在我到来之前，重庆持续高温干旱多日，致使瀑布上方的磨滩河，以及更上游的梁滩河和虎溪河缺少雨水补给，流量减小，最终使得大磨滩瀑布的水量供给不足，以致瀑布宽度被缩减而瘦身。如果是雨水充盈，流量充沛，一道宽超六十米的瀑布从天而降，坠入高近四十米的崖下深潭里，那种威势，光是想想，就让人抑制不住心潮澎湃，热血沸腾。

处于枯水状态的大磨滩瀑布，向我们展示出了它的另一种美。随着瀑布宽度的缩减，藏于悬崖凹陷处的青色岩石被更多地暴露出来。仔细一看，那些青色其实是厚厚的一层苔藓，它们紧紧地攀爬在岩石上，赋予了这片悬崖一种极富生命力的美。仰望那些青绿色的苔藓，我想，如果瀑布背后的岩石上再有一条木质栈道，旅人行于其中，该会有孙悟空游荡在水帘洞里的惬意舒爽吧。可惜的是，在那些藏身于深山密林的大小瀑布被竞相开发为旅游景区后，一度风光的大磨滩瀑布的风光被逐渐剥落，成了一块被人遗忘的都市角落。又或许，正是因为被很多人遗忘，它才能在喧嚣的城市一角，保持一份独属于自己的清凉、神秘和静谧之美。而我，来到这里，不就是为了拥抱这份让心可以回归宁静的静谧吗？试想，大磨滩瀑布如果真像黄果树瀑布那样声名显赫，到这里来的我，听到的一定不会是单纯的瀑布水流声，而是喧嚣嘈杂的人声，看到的不只是瀑布溅起的漫天水雾，而是焦躁涌动的人头。在稍微嗟叹后，我为大磨滩瀑布的静谧庆幸起来。

在仰望瀑布之际，眼睛的余光自然无法忽略瀑布旁那一溜两三层楼的灰砖房。这些灰砖房有一个统一的名字——高坑岩水电站。因大磨滩瀑布而存在的高坑岩水电站，是重庆早期水力发电的滥觞之地，曾被水电专家朱文杰列为中国早期水力发电的典型案例。早在1933年，爱国商人、近代航运业巨子卢作孚邀请曾留学法国的工程师张华到北碚对磨滩河进行踏勘，开始了包括兴建水力发电在内的梁滩河规划设计。但直到1943年6月成立了富源水力发电股份有限公司，才开始建设高坑岩电站。一个进入了古稀之年的高坑岩水电站，在大磨滩瀑布表现出来的自然之美上，再增加了一层厚重的历史人文之美。除了那一溜水电站楼房外，大磨滩瀑布左侧还有一个神秘的石洞，须小心翼翼地攀缘至岩壁的黄葛树才能险险进入。据悉，这个石洞是当年此地百姓躲避战乱匪患之处。

高坑岩水电站，一度让大磨滩瀑布拥有了另外一个名字——高坑岩瀑布。但让人们念念不忘、牵肠挂肚的，还是大磨滩瀑布这个名字。关于这个名字的由来，一说是因为上方河中石滩上有一块状如石磨的圆形石头，一说是河岸边有一大水磨。而今，不管是形如石磨的圆形石头，还是大水磨，都被奔腾的流水冲毁了，不见踪影，唯留下一道瀑布美丽的身影和些许怀念。

大磨滩瀑布裹挟着千钧流水坠入崖下深潭后，并没有停下脚步，而是继续前行，跳过几百米开外的小坑岩后，一路以不可阻遏之势，从北碚嘉陵江小三峡之一的观音峡上口龙凤溪溪口汇入嘉陵江，再卷入长江，奔向浩阔的大海。

这样的大磨滩瀑布，难怪会吸引那么多的名人大家涉足，并兴致勃勃地为其写诗作赋。在流传下来的诗作里，《高滩喷雪》让人心动："悬岩镇日雪花弹，十里清溪大磨滩。万古晴空霏玉屑，我来六月亦知寒。"

隐身喧嚣的都市一隅，大磨滩瀑布展现出来的自然之美，似乎比那些深山密林里的瀑布更加生动。很多时候，旅游的乐趣并不在于你到过多少名山大川，看过多少旷世美景，而在于你能否找到近在咫尺的隐藏之美，并用心去拥抱它，最终在这隐藏之美里，让心归于宁静。

» 汪洋，重庆市作家协会会员，迄今已在《儿童文学》《青春》等报刊发表作品百万余字。

◎雨 馨

暗香疏影寻径来

在梅林中行走，突然想起鲍尔吉·原野的这句话：“我的心是一块顽石，在泥泞雾霾中泡过好多年。这样的心常常听不到草叶在微风里细碎的摩擦音。”

碚城的冬天，阴冷潮湿，难得放晴，但也许这样适宜的温差、气候和霜雾天气，恰恰适合蜡梅的种植，数年来静观有了“中国蜡梅之乡”的美誉。梅开时节，因为有走街串巷的板车，成捆成捆地运送山野的梅枝，凌霜迎寒，香凝不散，我常常下班或回家时，开着车，跟着嗅觉，满大街地寻那丝丝入扣，瞬间将我融化的香气，年复一年，我已数不清从花农手里，接过多少束幽香沁脾、令人欣喜不已的梅枝。

故乡的静观镇，有成片成山的梅园、梅林、古梅桩，或幽居山谷，或旁逸村舍田垄，或藏隐古刹，或夹道密布……隆冬时节，鹅黄浑实的花蕾，纷纷冒出枝头，淡彩素裹，欲绽还含，沉默娇羞，大口大口地吐露芬芳。

一粒粒鹅黄的珠玉，凝霜带露，或被一场突如其来的大雪粉妆点染，一枝傲立压群芳，归来才知春意浓。

故乡的蜡梅以乡间山野常见的素心蜡梅见长。花期长，花香奇绝，秉烛夜读，几枝瘦梅疏影淡淡映墙，白壁若纸，灯光如笔，苍劲稀疏寥寥数笔，就勾画出淡雅绝尘的朵朵墨梅，寒俏不争春，一任冰雪染。

古人画中的梅，大都旁逸伸展，上接苍穹，下连山崖，左右侧伸的墨迹，笔锋一拐一转成了弧形的虬枝，峭壁悬崖雪中藏。孤高的冷峻，大美而收敛，清妙素淡，画梅若境，赏梅如挚爱，君子之质，惜墨如金。

一枝素心梅，旁逸斜出，剔透的花蕾，藏于室，幽香沁脾，隐入画，朵朵花开淡墨痕。我常常在宋画里迷路，迷迷糊糊流连忘返。对梅痴喜，原来梅香若友，梅若君子，诗画之交淡如水。近则无，远则醇，君子的一生如梅般凌寒清淡，“遥知不是雪，为有暗香来”。随风而去，消隐在“疏影横斜水清浅，暗香浮动月黄昏”。

静观赏梅，虽已隆冬，却田园染翠，村舍清新，狭窄的阡陌公路旁不时盈盈一闪，跃出一簇簇枝繁花密的梅树，袅袅的幽香消散向山野，梅蕊腊前破，故园深雪暖。

乡间的苗圃成片成林地遍植蜡梅，据说梅园的主人是这村里精通蟠扎，盆景传家的富裕村民。外出创业后携巨资回到故乡，建庭院造盆景种梅林，耕读传家，田园的滋养和庭院的清幽，想必这主人也向往林泉画境之美，才肯一掷千金在这山野之间扎根下来。

缓步而行，梅林中静极了，没有鸟，连光影也缓缓围合，生怕惊动了这些柔嫩交织的花香。这么多花香，鸟儿们哪儿去了？连一只蜜蜂也无影，哦，这遍野的花香如镜，如池，如浩浩荡荡的圣洁，连麻雀和蜜蜂也不忍冒犯，只有感动，那只年年躲在一缕梅香里偷偷流泪的蜜蜂，是我，还是那满手茧花的种梅人？

一阵风吹来，梅香若羽，薄如空中自由飘荡的轻盈蝉翼，无痕无影却发出剔剔透透的幽香，走近一枝瘦梅，只见冷峻的枝丫上花朵骨立，密密镶嵌，手指头一般玲珑耀眼。走着走着，又好像树阵在眼前、耳边缓缓移动，移步异景，一条疏影澈风的河，一条花蜜酿制的河，深呼吸——我听到了落光叶子的枝丫在窃窃私语，我发现最小的花骨朵里蜜蜂留下的脚印。哦——此刻，山色虚空，苔痕葱绿，山野的上空被梅林放射出的成吨成吨、密密匝匝的香气熏出耀眼的金光，鹅黄色柔嫩的金，不带任何杂质的金，花香冶炼的金，就这样轻轻易易，把这个茂密的冬天，举到了头顶。

◎ 华万里

蟋蟀的叫声

在虫谱中，我是偏爱蝉与蟋蟀的。蝉的鸣唱，使我如临火浴之阵，浑身的懈息和烦闷，都可在凝神的倾听中焚个一干二净。蟋蟀却不同了，它的叫声悲凉急切，被人们视为秋候的比兴。“季夏之月，蟋蟀居壁”，“处暑蛩鸣”，“初秋蟋蟀入室”……这些由不响亮而变得响亮的句子，既说明了蟋蟀的成长史，也让它筝一样的声音，年复一年地深入人们的记忆。

蟋蟀悲秋菊，切切动哀音。当残弱的风帚倦于打扫满地狼藉的黄英的时候，蟋蟀已经满面泪水。它的劝唱，不唯使瓦缸回响，更为有益的使懒妇闻之惊悚，去快快地织好过冬衣被的布匹。我听到这种吟蛩的感觉是具有飒飒的寒意，另加一层的是“少壮几何兮，老之将至”的悲怆怀抱，个人的音符因之被急切地拂到了果实的边缘，不敢再以浪掷时光为损身失德的快意之举。

我是个喜欢在晚饭后于城郊走上几圈的消遣者。一天，在路途遇到一只蟋蟀，它并不露面现形，只用突发的唱喏向我致以问候之意，让人在岑寂的步态中蓦然一惊。我索性停留下来，想象那只蟋蟀，它也许也是一位同我一样的喜好散步的老者，在黄昏的褐黄的路阜畔与我遭遇。我还想象，它是否是我诗中的那只斗蟋，弄破了诗行的栅栏，故意跑到这荒郊野地，要同我的声音打斗。只听见它轻咳了几响，便抽西风为弦，展歌喉为琴，清亮如水地为我大唱特唱了几曲。我错怪它了，腮边顿生愧色。

在我度过青少年时代的静观镇，有一座古楼台，旧称寿福殿，我在那里听过一场蟋蟀的绝妙清唱。那个初夜，月光如水，但秋风并不瑟瑟。我和一群小儿被误导去寿福殿看川剧不成，便坐在看台的石阶上听蟋蟀的唱鸣聊以自慰。兴许是戏台柱石间的蟋蟀，长期受到舞台上川剧人物的潜移默化，它们的声音一响起来，就时而胡琴，时而高腔，生旦净末丑，丝丝入扣，板板有眼，布下了嘈嘈切切的苍凉。殿外有和尚墓群，人称“塔坟”。荒冢上的蟋蟀之音，全然失却了戏台的粉墨之气，已是一片枯寂的梵呗。我想，这些蟋蟀如果健在，也都是半世沧桑的老人了。

在我的家乡一带，蟋蟀一旦入室而鸣，便被呼为“灶鸡”，那煮饭烹汤的砖石缝隙，也就成了灶鸡击缶作舞的乐地，现时的厨房，多为钢筋混凝土构成，面上且有滑亮的瓷砖，可供灶鸡容身的地方实在太少了，然而，也偶有个别，某日夜半时分，我家室中却有叫声响起，我问两岁左右的小外孙：“虫虫在哪里叫？”小外孙随声应道：“在外公屋里！”所谓的“外公屋里”，其实是指我蜗居的书房。我忙去寻找，灶鸡的声音忽明忽暗，忽旺忽渺，忽亲忽疏，忽远忽近，感觉不出其隐置何处，听来听去，好似整个书房都布满了虫弦，每册书中都有灶鸡在高唱，待我步到阳台，小外孙也跟来了，他凝神片刻，睁着变形金刚般的圆圆大眼睛，用小手一指：“外公，虫虫在坡下面响！”我循声搜去，果然那东西不在室内，对于幼儿的听力和辨别力，老夫不如。

古人好斗蟋蟀，那种盛况不曾见过，只有在书画中领略的眼福。我今爱听蟋蟀，虽不说是一种病，却可以认为是一味药。这虫声的疗效，先是用一些章节做引子，通我听觉之窍；再加以秋风秋露和茶酒诗书，合煎出黑亮的浓液，洗我阴滞的肠胃，畅我呆板的筋络；再后，用药渣和着大量的音乐，对我的四体，进行神妙的搓擦按摩。待到虫声戛然而止，我也觉人清气爽，痛快如蝶。此际，月虽然还在弦边，但精神的病体，却早是陶然无恙了。

这是个蟋蟀也成为文化的世纪。不独中国人对此物深爱不疑，就连乌拉圭的作家胡安娜·伊瓦尔沃罗也对着它喊道：“会叫的黑色小魔术师，就请你把我和我的孩子带到那条小路上去吧。”那条小路上有什么呢？回答是：有月色，有快乐，有回首响处是蟋蟀的光亮和风声。

◎黄 英

金刀峡之美

北碚有个金刀峡，它地处华蓥山山脉南段向北的尾端上，我曾亲身感受了一次金刀峡的险峻和灵秀。

去金刀峡的路，都是山路，蜿蜒逶迤，盘旋向上，直通峡口。去景区要经过一个中转站——偏岩古镇。

中午在偏岩镇上稍作小憩，饭后继续赶路。金刀峡海拔不算高，约一千三百米，但山势雄伟，峡以险著称；林不算茂盛，但以秀闻名；岩不算绝峭，但以奇为胜；水不算丰沛，但以幽迷人。金刀峡全长约十公里，分上下两段。传说峡中有一把金刀，每当傍晚时分，金光闪闪照耀峡谷，金刀峡因此而得名。相传后来这把金刀被大夏国将军张昆获得。

进入景区后，首先映入眼帘的是山麓中一个偌大的空谷，可谓是面临万丈深渊。我们的游览是顺谷而下，经千步云梯后就是山谷的核心景区——金刀峡谷。同行人提议坐索道，这样可以免走千步云梯之苦，我于是跟着上了索道。作为重庆人，我坐过无数次索道，如长江索道、嘉陵江索道等。但在万丈沟壑之上来一次一览众山小的飞跃还是有些畏惧。索道缓缓向白茫茫的云空滑去，让我有些头晕目眩。顿时想起李白著名的诗句“蜀道难，难于上青天”！不过，我想他要是站在这青天之上，一定会惊呼："噫吁戏，危乎高哉！"我紧闭双眼，但又不甘心这千载难逢的飞跃。不亲眼俯瞰一下，胸中犹如兔子在打架，七上八下。顿时又有一种"山高绝顶我为峰"的感觉，这种感觉刺激又惊魂！

峡谷上段由于喀斯特地质作用，地面切割强烈，金刀神工般形成了独特的峡谷沟壑景观。千步云梯处应该是整个峡谷最陡的地方，基本是垂直下降。一边是山壁，一边还是悬崖，我看着都有些双脚发颤。我回头望了望后面那位坐滑竿的女士，下行时整个身子往前倾，左颠右晃的，一点儿也不轻松。

下段的峡谷又是另外一番景象。峡谷好似一座山岩被一把金刀劈成两半，两边的崖壁光秃秃的，抬头往上看，只见一线天。栈道就建在峡谷的半山腰上，不宽，有的路段只够一人侧行。我们悬空着好似在一匹山的缝隙中穿行，下面是急流的溪水浪卷着涌来。

水，是金刀峡的灵魂，上自成雨，下自成溪，或如珠，或如絮，或如泄，或如倾，有色有声。大小瀑布和溪流坠落的声音在高崖绝壁的峡谷中发出瘆人的回声，好似虎啸，又像是怒潮在咆哮。这些急流最终都汇集到谷涧的溪河中，每到夏天溪降就成了冒险者们的乐园。

下游离出口约两公里处，这段水流比较平缓，叫沙溪河。其实就是峡谷中的涧水经人工筑堤汇聚而成。说它是河，却又似湖，没有栈道，游人就乘船而行。船顺着小溪，缓缓而优雅地向出口划去，非常惬意。为了感受这种情调，我们和景区的工作人员商量后，坐了一艘"专列"独自前行。船在幽幽的峡谷中穿行，溪水清澈见底，不知是谁唱起了山歌，优美的歌声回荡在整个山谷……

出了峡口，坐车绕山返回山门，我们在景区住了下来。推开窗，眼前就是金刀峡的山门，一群游客在霓虹灯下拍照留念。此时，原本光秃秃的山石也变得灵动起来。我突然发现，那蕴藏了山水天地之灵气的正是这山里的人们。正因为有了他们对金刀峡的合理开发和利用，才给了金刀峡充分的想象力和不同凡响的灵气，才使得峡谷明月如霜，凉风似水，水流如玉，才成了我梦中的香格里拉！

» 黄英，重庆市散文学会会员，《西南作家》签约作家，曾获得中华文学年度作家（散文）奖。

◎ 郑劲松

雅舍，在我的大学边上

陌生，一如著名的雅舍和使它著名的主人梁实秋。

雅舍就在西南大学边上，我与雅舍，物理空间太近，心理距离却很远。

抗战时期，重庆远郊北碚因文化名流云集而成陪都的“陪都”。1939 年，梁实秋和著名社会学家吴景超共同在其工作的国立编译馆附近山腰购得一处平房，为方便邮差递信而取吴妻龚业雅的名字，命名雅舍，此举在今天看来依然颇具文人风范。

真正让雅舍出名的，却是梁实秋的创作。他寓居此地七年，创作并发表了《雅舍小品》二十余篇，名动一时。20 世纪 80 年代后，各出版社又竞相出版，十分走俏。

时尚如风，就像夏天的一阵热风吹过，卷起一些落叶，迅速又是秋天的寂寞与清冷。流行的外衣包裹一阵后，雅文化同样成为“少数花园”。

雅舍刚整修一新还没完善门牌标志时，我曾随中文系一个师兄散步路过。彼时，房地产开发正风起云涌，见这树木掩映的半山腰冷不丁冒出一个古色古香的四合小院，师兄叹道：“哪个老板？好硬的关系哟，居然在这儿修四合院。”

我说是雅舍，他问：“什么雅舍？”我道：“梁实秋的雅舍。”没想到他竟然一脸正经：“做啥子生意的，怎么没听说过？”我内心已笑得悲凉却也只好忍住：“听说是个矿老板。”

陪那师兄散步又是几年过去了，夏末的一天，我独自经雅舍往菜市场去，抬眼望见“雅舍”二字，终于停下脚步，走了进去：一路小心翼翼，一路惴惴不安，一路诚惶诚恐，几乎红着脸走上那十几级台阶，走进熟悉的、陌生的雅舍。

雅舍不大，砖柱木架，瓦顶篾壁，房六间，梁实秋当年住其中一室一厅。参观后方知，现在的雅舍并非“原件”，而是根据老舍儿子舒乙的回忆而复建，大体与梁实秋当年写成、也曾进入中学教材的散文《雅舍》中的描写一致。

屋内陈设简单，少许实物，但有几十种版本的《雅舍小品》，有郭沫若、冰心、朱自清、郑振铎等与梁实秋的信函，颇为珍贵。壁上图文并茂，介绍了梁实秋的生平事迹、文学活动与学术成就。

时过境迁，文学渐渐回归它应有的本位，梁实秋被放置到文学史应有的高度。除了散文家，他还是一名绕不过的学者、批评家、翻译家。

他是国内第一个研究莎士比亚的权威，20世纪30年代开始，持续近四十载，到20世纪70年代完成《莎士比亚全集》的翻译。晚年，梁实秋用七年时间完成了百万字的著作《英国文学史》，其散文集《雅舍小品》，至今已有先后三百种版次，创造了中国散文出版的最高纪录。

我在想，人们为什么那么喜欢《雅舍小品》，难道或者难怪人们只知道梁实秋的《雅舍小品》？年轻的大学生已很少去读什么五四作家，玄幻、穿越、韩剧、美剧等，怎么能有“雅舍”的影子？

雅舍院子很小，很清静，也很清冷。半下午，就我一个人参观。但无论怎样，我终于走进了雅舍，走近了梁实秋，看着看着，一些迷雾在眼前逐渐散开了。

◎张 昊

雅舍与月亮田

山城有很多颇有趣的地名，譬如“四公里”“五公里”“六公里”之类。更多的则是一些随着城市化而渐渐“失踪”的地名。

2010 年我来碚城参加研究生复试，在老城街头购得的第一本书正是《失踪的上清寺》。重庆有很多如“上清寺”般“几乎每个重庆市区的老百姓都能叫出它的名字，却没有任何人找到过”的地方。于北碚而言，于我而言，“月亮田”正是其中一例。每每坐公交车从雅舍路过，总能听到“月亮田”的站名，恍惚间总觉得此处应有一片秀雅如弯月的美田，在夕阳下粼粼泛着微光。目中所见的却偏偏是密密的楼宇和繁华的街市人群，着实令人“出戏”。

幸而某一日，偶于学校图书馆的一版《雅舍小品》中读到梁实秋的长女梁文茜的《忆雅舍》：“鸡公山下有一条长长的小河，两侧都是整齐的梯田，左右两边梯田层层往下会合在最低处，成一圆形水田，名曰月亮田，正好面对雅舍，据说这最下一层的月亮田，水土最肥，几乎是四季常青，收成最好，每到收割之时，打春之声不绝于耳，牵着水牛、穿着草鞋的村童往来田陌之间，俨然是一幅天然的图画。”原来如此。

我常以为一个有文人的城市是幸运的，一个有文人“旧居”的城市是极幸的，一个有很多文人旧居的城市简直要以手加额，三呼万幸了。所谓“读万卷书，行万里路”，文学诞生于一定情境之中，而品文学者唯有尽力回到那一情境方能有切身体会。可惜世事变迁愈演愈烈，实可谓沧海桑田。幸而文人的文字、文人的旧居，使得我们得以午夜梦回，溯得那一段段旧时光。

“逝者如斯夫，不舍昼夜。”意外的是，多年之后雅舍“公路北侧山坡上”的地理尚存。依然是“雅舍所在公路往西通歇马场，往东可至北碚市里，每天公路上都有公共汽车和骑马代步的行人往来。”可惜当下虽然公共汽车繁忙依旧，“骑马代步的行人”却不知去何处寻了。

雅舍不远处“鸡犬相闻”的老舍旧居也依然如故。可以怀想“老舍就住在我们家东边……老舍晚上经常上我们家去，闲着没事儿有时候打麻将、聊天”。只是老舍旧居的地理却不如雅舍这般依稀可辨，放眼望去，四面高楼如壁立，俨然成了“都市盆景”。而老舍旧居曾鼠患严重，老舍戏称其为“多鼠斋”。雅舍同样“入夜则鼠子瞰灯，才一合眼，鼠子便自由行动……”而两处相邻旧居一个诞生了《雅舍小品》，另一个诞生了《四世同堂》，都可谓文学史上的皇皇巨著。

现而今，雅舍成了“旧居”，虽依然是“极普通的四川平房”，幸而，梁实秋先生笔下静谧的月夜和绵绵细雨倒也尚存。仍如先生所述：“‘雅舍’最宜月夜　地势较高，得月较先。看山头吐月，红盘乍涌，一霎间，清光四射，天空皎洁，四野无声，微闻犬吠，坐客无不悄然！”实可供我们这些后人怀想前人雅趣。

◎陈 晨

金刚碑的梦与醒

一

像是钟表表盘上的一个再熟悉不过的数码，金刚碑，这个存在于重庆北碚再向北的嘉陵江畔、温塘峡口的一片村落，它曾经依傍着起伏山陵、潺湲溪水、冷冽江风和参天碧树而热闹营建，又在历史中历经几度兴衰，最终留下繁茂草木与空荡屋舍。多年的纪实与传播，使它不仅已被岁月公证为一种古朴风俗的代表，还被人群推重为一方闹市之外的幽境，怀古柔情与变迁时势更频频拨动关注与话题的指针。每隔一个周期，无可避免又指着它。

不过不管是指针的第几度选中，引导人们不断丰富诸如“慢生活”“旧时光”等时兴概念内涵的金刚碑，自己却巧妙地持守着一份不改的凄清并以之做出回应。多少年过去，这里梁架依旧，墙垣依旧，砖瓦依旧，柱础依旧，只任一旁江水无心地起落、草木自在地枯荣。

拥有这种异于常态的属性，在吸引的目光日增之时，村落收获的疑惑也随之愈众，来人纷纷揣测：金刚碑真是在时光长河里实实在在地下沉了，沉得如此之深，它只等着外界的描摹，也不再与世推移，仿若长梦不醒。

二

金刚碑梦着，只因它早已不是一个实在的村落：最后一批居民的搬迁早完成在许多年以前，而今这里没有常住民，错落在道途、芳草与古树间的，无非是一众空房子。至于街坊邻里日常的问候、石板路上繁忙的脚步、小院里孩童们在树荫里欢快地游戏、饭点时袅袅而上的一缕炊烟……那些曾经朴实却热闹的生活，虽早已无存，但鲜活的片段却毫无疑问融入了这片土地的潜意识。心理学有云，梦境是窥看这水下冰山的绝佳途径——它就向其中追索。

金刚碑却又醒着，它梦得总不妥帖，慕名而至的明亮眼神与怀念脚步正是对这酣眠的惊扰：摄影师前来，按下快门，用照片定格扎根在古建中的川东风情；画家到此，支开画板，让线条和油彩凝固不易捕捉的江风和树荫；更有如许墨客，在游历后欣然命笔，有的极力考证它的人物、事件与年代，有的又豪放洒脱面对江风蔓草且歌且笑，只顾抒写自我在此一展的逸情。

于是乎金刚碑就这样半梦半醒了，它在沉溺过往时不得不回神迎接现世，在接待来客时又总不免乘隙懒倦地神游太虚。黑白历史和五彩现实在它的身上调和延展开一片玄寂，一如它灰亮的发迹。

三

村落附近有一块直插于回环山岭上的巨石，掩映在莽苍林木中的奇观虽难以考证被造物者创于何年何月，像碑刻一般矗立的姿态却早被一带先民用传说做了解释：金刚力士在斩杀孽龙——这绵延山岭时所用宝剑的剑柄。当神妙奇幻的想象和安居祈愿相融，主人“金刚”和形状“碑”也黏合在了一起，“金刚碑”这个名词遂逐渐开始流传。它扩大了、凝固了，最终还屹立在周遭生民的观念里，成为这一片土地的名姓。

来到清朝，发现缙云山南坡蕴有丰富煤矿的人们开始了在这一带的采煤事业，采出的煤需要四处输送，背靠缙云、前依嘉陵的金刚碑又顺理成章成了转运点。当煤炭源源不断地采来，煤商、船商与力夫也逐渐集中到这里，提供运输服务和生活必需品的劳动者们逐渐形成了船帮、力帮、米帮、油帮、马帮、炭帮、牛帮等，他们有的奔走于矿洞和码头之间，有的吆喝在溪边市场，有的则在山间栽种。每隔一段时间，居民会在大庙——村子里最神圣的供奉神灵之所集会论事，同时施行祭祀，表演戏剧，把生活演绎得热闹而充实。在运输经济的长期刺激下，金刚碑就这样成为一个兴盛的大村落，“河滩成市，驴马成队，帆樯如林”是文献记载的当年盛景。

抗战时期，彼时重庆已成为陪都，北碚也被划作迁建区。紧邻城区，临江而建又清幽喜人的金刚碑被许多机关团体相中，国民政府主计处统计局、勉仁文学院、中福公司、国立国术体育师专、滑翔机修造所、正中书局、中研院植物所等各界单位在转入后方的大潮中纷纷涌入，在金刚碑展开新的事业，也为村落带来了外界的新鲜气息。

它们绝非等闲：国民政府主计处统计局是国民政府基本三大处之一主计处的下设机构，当时全国统计总报告皆由此纂集，而迁驻于此则无异于使金刚碑成为一个数据中心；勉仁文学院创自一代儒宗梁漱溟，认为“吾人求认识老中国，文学院其必居先”的他在金刚碑为治学育人找到了一块儿清净之地；中福公司是近代工矿泰斗孙越崎重要的能源事业，金刚碑不仅让中福在大后方继续运转并在其后与本地天府煤矿合作，发挥更大力量；国立国术体育师范专科则是有“武术之父”美誉的民国时期著名武术家张之江的努力，他把发扬国粹和教育变革看得极重，以设立学校的方式践行理念，俟学校迁来，平静的村落里竟有了朝气蓬勃的拳脚操练、兵戈交击之声，这豪壮的声音正是以强身健体而致强国之梦的有力回响；滑翔机修造所更值得一提，国难当头，紧缺的空中作战人才需要培养，滑翔机等装备更需要制造与维修，为数不多的几处机站，在成都、桂林等地外，其一即在北碚，筑有配套修理厂的金刚碑，则养护着空中英雄们的坚强羽翼；以“不曲为正，不偏为中”取名“正中”的正中书局在迁来后也大力发展出版印刷，几年间出版了社科、自科、文哲、教材、童书等达三百余种的各类书籍，金刚碑飘荡着最纯正的书香；中央研究院植物研究所是国民政府创建的中国最高学术研究机关中央研究院的分支机构，在金刚碑，多样的草木为植物所提供了顶好的研究对象，近代北碚地方志中的一篇《森林志》也同出其手。

同这些机关团体一同到来的，还有一批近代史上赫赫有名的人物，不止梁漱溟、孙越崎、钱自诚与张之江，翁文灏、熊十力、于右任、周谷城、谢无量、吴宓、陈子展、孙伏园、顾实等不胜枚举的众多名流也时常于兹流连徜徉，他们的“倾力加盟”让金刚碑热闹非凡。或教书育人、著书立说，或兴办实业，开展科研，名宿们在此施展自己的才干，完成自己的坚守，也逐渐成为这个曾因矿藏而兴盛的村庄里的新居民，让村庄闪起更为璀璨的人文光芒。

四

当岁月长河在波涛激荡后平静，逝去的清末繁盛、远走的民国风云和当世的村居记忆终究汇成了金刚碑的残梦，也沉淀下可触碰的、厚重的斑斑遗存。

在村落入口处依山势错落摆开的，有建于清代的何、姚、刘、杨几大家族大院，院落布局紧凑有序，玲珑精致。国民政府主计处统计局和正中书局居其后，砖混夹壁与穿斗结构的房舍留有民国建筑特色。再从街道向溪边走，石拱桥横跨溪流，前连居所，后接坛庙，其上依稀可见龙凤饰样。大庙与戏台前后相依，青石梯、石栏、石雕尚有留存。再向江边行，又可见师专和修造所曾经所在，青砖勾缝、青瓦屋面的小楼戴着古朴的歇山顶，掩映在绿树中。

除去作为珍贵物质遗存的文物，大量依山而垒、沿溪而造、临街而设的其他建筑也不遑多让。它们如肌肉之依附骨骼，紧紧包裹在金刚碑的山坡谷地，或是民居，或为商铺，朴实无华的韵致、小巧低矮的身量和随性的排布写下了对小镇生活气息的最佳注解，也把原汁原味的川东风情细腻地塑造出来。

金刚碑的并非出乎人力的景观也足堪玩味：丘壑连绵的缙云山脉给它带来了葱郁植被和起伏有致的地形地貌，村中溪流和嘉陵江水使它的气候更显温润，随处可见的黄葛树等树木枝干虬结粗壮，点缀其间，它们的自然组配为街道和房屋提供了疏密有致的架构空间，本身更具清幽之美，每每让人忘返。

五

时光如水，梦忆如诗，山川如画，凝固在遗存中的历史人文信息连同旖旎风景汇成了金刚碑的独特意境，在注视、发掘和演绎之后，如今这意境更超拔为一种差异、一种对比、一种寻梦。复古的情怀、念旧的意绪是现代都市生活围城中再真实不过的情感，它促使人们寻找过往根系，汲取历史蕴含与文化养料，并品味旧日的纯美。

金刚碑由是引来了人们探访的脚步：曾在这里上演的，

那属于另一些时光的生活，它们自然地发生，自然地流走，只不经意地在村落斑驳的青石板上、在小院翘起的檐角，遗留关于昔日市井喜乐、人情悲欢的讯息，这是美；曾在这里铺陈的，那属于另一种岁月的故事，它们自然地开端，自然地结尾，却也不谋而合，在潺潺溪流之畔、在古木掩映之间，刻下曾经忧虑家国、自强不息的印痕，这也是美。虽然作为生活场域的金刚碑早已化作幻梦，但作为遗存与见证的金刚碑却能在人们的顾盼流连之下稍稍透露昔日讯息，甚而还因此常被涉及的步履所惊醒。

如何把梦幻留住？这质疑要求我们探寻一种关系，在这重关系里，保全物的天然、原生与照顾人的眼神、步履并行不悖，现实不会被强硬地勾勒，梦境也不会被粗暴地打碎。

梦与醒的结合点是为半梦半醒，金刚碑是否适合、喜爱这种状态尚不得而知，但自然奇秀、人文丰赡的村落却常常在这状态下发出呓语，它游荡在残存的楼栋中、寂寥的院落里，和着江风阵阵、江水激激，除了引人遐思，它似乎还饱含了期待与祈愿。

» 陈晨，目前供职于重庆市北碚区博物馆。

◎刘 冲

梧桐街

其实我真不知道这条街的正式名字叫什么，或者我认为的这条街道，根本就不只是一条街。但这又有什么关系呢，反正从第一次经过到现在，我都叫它梧桐街了。

20 世纪 80 年代初，我到西师求学，从当时的后校门进入北碚城区的那条街道，两旁种植着梧桐树。初次见到，并不识得这是什么树种，只是觉得有些特异，与许多竖直挺拔的树不同，它们呈现出横向婆娑。有同行者告知，这是法国梧桐。

事实上，梧桐树这样的身姿，并非源自天然，而是人工修剪所致，不求其高大成材，只愿其多姿成景。作为风景树，这些法国梧桐也的确把这条街装点成了北碚城区最美的风景：夏日绿荫掩映，心生凉意；秋冬时节，满眼金黄，心生暖意。

求学期间，交通不便，囊中羞涩，极少去其他主城区玩，闲来无事，最喜欢去北碚城区的梧桐街溜达。有时走在绿荫遮道的梧桐街上，常有在老家韩家坝行走的恍惚感。贯穿韩家坝的一条机耕道，两旁种满了泡桐树，树干挺拔，枝繁叶茂，记得我曾在作文中写过得到老师表扬的一段话：站在学校的高坡上，已看不见穿过坝子的机耕道，它被两旁的泡桐树所遮蔽，微风吹过，只见一条绿色的长龙在坝上蜿蜒游动。虽然梧桐与泡桐是完全不同的树种，但似乎也还是有某些相似之处，产生联想或错觉也在情理之中。更何况走在这梧桐街上，能感受到如同行走在家乡的舒适与亲切，即使牵强一点儿又何妨？实际的情况是，与光秃秃的街道相比，绿树掩映的街道，不仅美观宁静，而且闲适惬意，怎能不叫人心驰神往，流连忘返。

当然，吸引我常去梧桐街的，还有散落在这条街上的三个“人文景观”：新华书店、邮局、文化馆。尽管学校里的图书馆中有各类藏书供借阅，但再大的图书馆，也会因各种原因而不可能把所有书籍都网罗其中，再者说，即便想将新出版的书籍一网打尽，也还要经过一段时间，不如自己去书店先睹为快。于是，到梧桐街旁的新华书店选购自己喜欢的书，或者随意翻翻蹭书看，就成了每次到梧桐街闲逛之后必须干的正事儿。邮局，不仅是寄信的地方，其零售的一些报刊，也常常让我驻足浏览，比如《大众电影》之类的影视报刊，掏钱买肯定是不可能的，免费翻阅却又乐此不疲。至于文化馆，平时尤其是白天很少去，一般都是晚饭后偶尔去梧桐街散步，因听说文化馆里在放录像，才会钻进去。那时影视作品少，港台的录像片颇受追捧，特别是武打片。当时的不少香港武打片我就是在文化馆看的录像，记得还有一部日本柔道功夫的电视连续剧也是在文化馆连续多个晚上看的录像片。

20世纪80年代初，文化娱乐活动的多样性与丰富性，自然与现在相差十万八千里。课余时间，除了看看闲书、吹牛聊天外，三五成群或独自一人去压马路，几乎成了大多数学生既百无聊赖又十分热衷的爱好。而我只要逛出校门，十有八九都是奔梧桐街而去。之所以对这条街情有独钟，除了上面所说的各种原因外，其实还有作为一个男孩子不愿轻易与外人道的小秘密。重庆的夏季长、太阳毒、天气热是闻名遐迩的，防晒自然是令人极为头疼的事儿。女孩子出门，打一把遮阳伞，更显风姿绰约，引来不少艳羡的目光。倘若一个男孩子外出，也打一把遮阳伞，那引来的目光就必然有些异样：一个男娃儿，咋这么“母兮兮”的呢！但要显示出男子汉气概，却是要吃些苦头的，因为头顶上紧盯着你的火辣辣的太阳绝对不是吃素的！所以，梧桐街上的一棵棵梧桐树像撑开的一把把绿伞，自然天成，不露痕迹，就化解了尴尬，维护了颜面，让我走得轻松自在。有如此贴心的默契配合，不在这条路上多走几个来回，真心觉得不好意思。

那时候还没有大数据的概念和意识，当然也就不敢妄言我在梧桐街上走过的脚步串起来能绕地球多少个圈。但是，有一点是确定无疑的，即使北碚有不少令人赞叹的历史遗迹、自然风物和人文景观，真正让我念念不忘的却是这条梧桐街。毕业后，尽管很少回北碚，可梧桐街的景象却像幻灯片一样时不时地在梦中浮现。后来我入住的小区外面的公路两旁，也种植有成排的法国梧桐，真有些喜出望外，打心眼里感激那做景观规划和树种选择的人。闲暇之时，常到这条公路边散步，时不时也仿佛有了回到北碚梧桐街的错觉，宁静、悠闲、舒适、惬意，感觉甚好。

» 刘冲，重庆市作家协会会员，中国眼镜科技杂志总编。

◎程 龙

有梧桐的城市是美丽的

我在北碚这座小城学习工作和生活整整三十余年了，三十年的时间不算太短，但对于小城，我非但没有产生厌倦，与她之间的情感反而日胜一日，年胜一年。

我从内心里爱着这座小城，因为她的大街小巷，生长着无数的梧桐；因为，有梧桐的城市是美丽的。

与北碚真算得上是一见钟情，多年前的情形还记忆犹新。那时，年少气盛、多少有些好高骛远的我，对即将去求学的北碚感到有一丝失落。那是怎样的一个地方呢？但初到北碚，我便眼前一亮，惊喜于在这青山下、江水边，竟有这样一座小巧玲珑的城市。而让我更惊诧的，是在我到来的季节，小巧玲珑的北碚，满目都是蓊郁的梧桐。

梧桐对于那时的我，是熟悉而又陌生的，虽然我曾无数次在书上读到关于梧桐的文章和诗句，曾无数次感受人们赋予梧桐的美好情愫，但梧桐对于我，一直都只是一个想象。能在一个有梧桐的地方居住，也就成了我的一个向往。所以，在我对北碚有了比较深刻的了解之后，当我在这座小城度过了最青春浪漫的四年大学时光之后，我毅然决定留在这里。

不用说梧桐是美丽的。她的美不令人惊艳，却能在不经意间浸染你的目光，让人爱得情不自禁，不由自主。她的美是深沉或者说是传统的，看似平常的形状和色彩，却又使人爱得持久。梧桐的美在于她苍劲的躯干，在于她大气的绿色。这绿色在春天里成长，不断展现蓬勃的生机，诠释着一个季节的含义；这绿色在炎热的夏日清新着人的心情，走在她的荫凉里，烦躁的人就不再烦躁，你能够和在春天的每个日子一样，静静地想些远的或近的事儿；即使在她的秋天，在宁静的伫立中，飘落的纷扬，遍地的金黄，那也是一种独特的意境。

不用说有梧桐的北碚是美丽的。北碚的山清水秀和浓郁的文化气息使她声名远播，这座精致的城市特色鲜明，处处洋溢着高雅、纯朴的氛围。而梧桐，在这样的氛围里，在北碚的怀抱中，不仅使小城生辉，也使自己凸现出卓尔不群的风采。北碚也有许多其他的树木和花草，但凡是到过这里的人都不得不承认，其他的任何植物，都不能取代梧桐。梧桐就这样和小城交相辉映，彼此不可或缺，她们已经是一个不可分割的整体。在风和日丽的北碚背景下，梧桐是美丽的，阳光照耀中，她美得鲜亮而生动；在潇潇细雨的梧桐装点下，北碚是美丽的，无声滴落间，她美得空灵而悠长。

梧桐带给北碚美丽，有梧桐的北碚，带给我们无限的诗意。

北碚人挚爱梧桐，他们为生活在有梧桐的城市而自豪。我认识一位叫万启福的作家，他曾经在北碚很僻静的一条小街上开了家小店，我们常去他那里坐坐，很随意地喝着茶，聊些很随便的话题。几年前，万先生曾经把店铺搬到市区闹市，生意倒是好了，可心里老是不自在，实在不习惯那车水马龙的喧哗，又回到了老地方，回到了有梧桐的北碚。他说：“我经营的这些紫砂陶器，只有在这梧桐树下，才能显出它的品位，也只有坐在这有梧桐树的窗前，我才能写出那些叫作文学的东西来。”

是的，喜欢北碚的人有不同的理由，但有一点应该说是共同的，那就是在我们的面前，在我们的眼前，在我们的心间，有那些美丽的梧桐。

记得是去年吧，北碚面向社会征集宣传用语，我一下就想到了北碚的山水，北碚的人文，当然更想到了那满街的梧桐，脑海里就蹦出了一句“小城大美，重庆北碚”，虽然没有被采用，但那份梧桐的美丽，那份对梧桐的情感，伴随着岁月的流逝，已然深入了我的血脉之中。

有梧桐的城市是美丽的，我热爱这个有梧桐的地方。

» 程龙，重庆市作家协会会员，西南大学国内合作处处长，重庆市北碚区作家协会副主席。

巴山明珠新北碚

◎叶延滨

山城的风格

那年9月上旬，我到重庆参加一个诗歌研讨会，通知上写得明白：重庆北碚。说是重庆，这个北碚让你坐上汽车，一坐就是半天也不见面。汽车直跑了一个半钟头，才钻进西南大学的院子：北碚山顶上一座很大的园林。不知是谁从哪儿学来这样的一段民谣“重大的牌子，西大的院子，川外的妹子”。重大、西大、川外是重庆的三所大学，西大的校园确实漂亮。现在报纸上天天登着整版大广告，什么“锦绣花园”“别墅山庄”，吹得邪乎，比起西大的园子，也只能算游泳池里的洗脸盆。人们只看上小盆子而不见大水池子，主要是面子问题。住在小盆里的是款爷，住在大园子里反被人看作叫花子。其实不少的款爷除了钱，真是穷得一无所有。而这些被世人当成穷秀才的校园中人，大有学富五车者。红花绿叶间的清冷小楼里，有多少真正的富豪？

漫步校园，惊叹在大工业齿轮咬合的重庆竟然还有这等人间胜景。记得有这么一个故事，说是一商人见一渔夫在海边晒太阳，说道：“你为什么不去挣钱？”“挣钱干什么？”“挣钱办工厂，然后挣更多的钱，办更大的工厂。钱越来越多，于是你就可以悠闲地在海滨度假、游泳、晒太阳。”渔夫一笑："我已经在晒太阳了。"这个故事所提供的，有无为的人生态度，同时也提出一个很有意义的人生目标的问题。只要稍用一下脑子，我们就会明白，对任何人来说"挣钱"都不应是人生的终极目标，古人云"生不带来，死不带走"，这是一句耐人寻味的话。这些在校园里做学问的人们，也许桌上的饭菜素一点儿，身上的衣服旧一点儿，然而人生的要旨却得到实现。对他们而言，钱是少了点儿，依旧干自己该干的事儿，这是一种智者的选择，若丢弃了事业挣钱，那么总有一天钱和生命都会花完的。有挣钱的重庆，也有教授们做学问的重庆。西大确是个做学问的好地方，幽静的小丘间，一幢幢楼房掩映在绿树丛中，几多宁静凝在树叶上，晶莹成露珠，说它的名字是诗。

是的，西大出诗人，全国第一个新诗研究所就在这里，著名老诗人方敬，诗译家邹绛，诗评家吕进，都是西大有名的教授，也都是我敬重的朋友。吕进主持的新诗所已培养了不少的诗人和诗歌研究者，其中有几位还是我的朋友，可以说从这个校园里走出了三代诗人，这不能不让我们想到一个经常被人说的成语"人杰地灵"。

有人说现在人们是一切朝钱看，久居都市，也被奔波于商品大潮中的芸芸众生搅得眩晕，以为钱江潮后尽是捞钱的下海人。在校园里漫步，九月的阳光在绿波上跳跃，入学的新生一脸喜气，当爹的、当妈的手上提着，嘴里叮嘱着，他们给这个地方增添了一种生气和活力。他们从重庆城里来，热腾腾的火锅，灯红酒绿的宾馆，琳琅满目的商场，车水马龙的街道，展示了物欲世界那挡不住的诱惑。

这些年轻人从那个重庆来，来到校园里的重庆，一个宁静着准备陶冶你灵魂、升华你精神的重庆。

漫步校园，如同走在一部宏伟史诗中的一段抒情乐章，难得如此接近诗情，如此融进画意，让我微微一笑，好啊重庆，你还有如此的风格……

» 叶延滨，重庆荣昌人，中国作家协会诗歌委员会主任，中国作家协会全委会名誉委员。曾先后任《星星》主编，北京广播学院文学艺术系主任，中国作家协会《诗刊》主编。

◎ 黄亚洲

卢作孚是一块碚石

北碚的“碚”字，其字义，据说是伸向河中的凝聚的石头。

既然做了一个地域的大名，便可猜度这块儿河中之石必有不同凡响之处。此刻，我就眯细眼睛，远远地观望着这块儿石头，北碚报社的主人用手点着说：“看见没有，就是这一块儿！”

后来，主人又郑重地补充一句：“这是我们北碚人的精神象征，我们北碚人视其为魂。”

于是，凸显于嘉陵江激流中的这块儿狭长的巨石，立即在我眼里灵动起来：江水冲着它光滑的前额且不断撞出水花，听上去像历史在絮语不停。

江上笼罩着薄薄的雾。江岸、水波、植物与建筑都融在一起，绰绰约约。重庆的历史真是苍茫得很。

我是刚刚走出卢作孚纪念馆来到江边的。我在纪念馆里看到了锈迹斑斑的铁锚与罗盘，看到了卢先生艰难创建民生轮船公司的图片，我知道卢先生光滑的额头，一直碰撞着粗糙的历史。

弹片横飞中的那次大撤退，很使我震惊。卢作孚在1938年10月23日急赴宜昌坐镇指挥，指挥他所有的二十二艘轮船和八百五十多只木船，在长江三峡航段发疯般地穿梭抢运。军情是这样的危急：从武汉紧急撤出而拥挤在宜昌的九万吨工业物资和三万难民，急需撤往重庆。这些来自上海与武汉的工业设备关系到国家的工业命脉，按通常运力，人和物需要一年才能运完，但是四十天后三峡就要面临枯水期，一年的任务必须在四十天内完成，而同时，日寇的军机正在加紧对长江狂轰滥炸。

我能想象到卢作孚那四十个不眠之夜，以及他眼里蛛网般的血丝，那些血丝是漫天的日军弹片划成的。

需要指出的是，这一任务并非来自政府的命令，而是他对自己下达的任务。这是民族的任务。他是中国人。

最终，他硬是在四十天之内，完成了这项几乎是不可能完成的“中国实业界的敦刻尔克”行动。他的惨痛损失与辉煌战果结伴而至：轮船被炸沉十六艘，公司员工牺牲一百一十六名，伤残六十一名。

卢作孚不是一名战将，他本是一个平静而富有诗意的人。1927 年他初到北碚的时候，是想在这片极其贫穷的江边之域试写一篇诗章。那时候，他的头衔是“江巴璧合四县特组嘉陵江三峡峡防团务局局长”，他的任务是绥靖匪患，但他知道，一个地方只有面貌美丽如诗之后，那些为诗歌所不容的罪恶才能彻底消除。

于是，他顽强地在穷乡僻壤一句一句地写下这样的“诗行”：

规划北碚街道。整治北碚环境，建造街心花园。建立北碚学校。开设北碚医院。建设北碚图书馆与博物馆。架设乡村电话网络。开建四川第一条铁路“北川铁路”。组建四川最大的煤矿“天府煤矿”。创办西南最大的纺织染厂“三峡织布厂”。设立农民银行。创办《嘉陵江报》。兴建平民公园与温泉公园。开设温泉游泳池。建立民办科研机构“西部科学院”。修建北碚体育场并举办四川体育史上规模空前的“嘉陵江运动会”……

这位理想主义诗人在创作他的诗章时，胸中有一个明确的战略：“以经济建设为中心，以交通建设为先行，以乡村城镇化为带动，以文化教育为重点，以乡村现代化为目标。”为了保证作品的美丽，他甚至还从比利时请来了城市建筑规划师。

北碚在中国乃至世界突然间的声名大噪，就是从此地成为一首优美的乡村田园诗开始的，人们弄不清北碚是美丽的村庄还是繁荣的城镇，北碚就此成为“中国乡村建设运动的策源地”。我觉得北碚的这一称号对当下的中国而言，也有非同寻常的意义。

卢作孚把自己经营实业的收益都奉献给了北碚建设，还动员军政大员给北碚建设捐款。他把每一个子儿都花在民生上，而且都是掰着花的，他甚至以文件形式给下属颁发训令“时时注意节俭”。他自己当然也带头节俭，他以这样的用餐规格接待省政府主席刘湘：一小盘豆花，一小块儿腊肉，一小碟咸菜。

而国民政府主席林森兴致勃勃前来北碚视察，所受到的宴请规格也是如此：一小盘豆花，一小块儿腊肉，一小碟咸菜。

而这些领导用餐后也照样兴致勃勃，并不认为卢作孚怠慢了他们。

我相信卢作孚不是在作秀，他知道挣钱的不容易和百姓的不容易。

卢作孚是1952年过世的，只活了五十九个春秋。我注意到照片上的他长得清秀，前额光滑。他一辈子迎击着时代的艰辛和习俗的流弊，毫不妥协，甚至以死抗争。

他是激流中一块儿不屈不挠的巨石。

他是中流砥柱。

他是碚。

听说，前两年航管部门曾计划炸掉嘉陵江中的这块儿“北碚”，以策航道的安全。但这项从经济出发的考量一出台，便为文化和精神所激烈抵制，市民们为这块儿石头的存亡纷纷上书请愿，这就使得这块儿碚石至今还以中流砥柱的雄姿傲立江中。

我有一个猜想：北碚百姓在大声表达自己意愿的那一刻，不仅是想到了这块儿土地的根与魂，也想到了卢作孚。

» 黄亚洲，中国作家协会原副主席，浙江省作家协会名誉主席，鲁迅文学奖获得者。

◎ 邓高如

碚地硅谷

当我写下这行标题的时候，我已预感到天赋北碚这个饱含科技韵味的美称，在不久的将来一定会叫响：碚地硅谷——北碚是重庆的硅谷，是西南的硅谷，或许还是中国的又一个硅谷！

说来也可笑。20 世纪 80 年代初期，“科技兴国”的战略才在我国兴起，我所在的城市成都的一所名校——成都电讯工程学院（后改名为电子科技大学），名声日隆。随之，这里便传出一个新鲜而洋派的名称：“成都硅谷”。一般人自然听不懂，尤其不懂“硅谷”二字的含意，即便查遍当时的《新华字典》，也茫然无知。于是便望文生义地认为，这“硅谷”莫非就是指在成都这个校园内有一片研究生产“硅胶”的谷地，或者研究生产硅胶、稻谷的地方。

后来才知，全然错了！所谓“硅谷”，原是位于美国加利福尼亚州北部、旧金山湾区南面的一个高科技研究生产基地的别称。这条长达二十五英里的谷地，是美国最早研究和生产以硅为基础的半导体芯片的地方，后来成了美国以至世界电子工业和计算机业的王国。

深秋时节，中共北碚区委宣传部、北碚区文联和重庆晚报联合组织了一次贯彻落实党的十九大精神、“知名作家看北碚”的采风活动，我有幸参加。车到两江新区北碚属地，使人大吃一惊：过去的荒沟野岭，几年未到，现已变成高楼林立，道路如网，工业园区、生活小区、公园校区此接彼连的地方。我心中不禁在问，这就是当年以经营花木、种植粮食为主业的水土镇吗？就是几乎村村不通公路，户户不通用水，运盆花木出来，也全靠人背肩扛的农户花乡吗？其时，儿时听过的一首民歌便响在耳畔：“好久没到啊这方来哟，新栽树儿哩排队排哟。蝴蝶蜜蜂采花粉，树上喇叭响起来……”随着这熟悉的旋律，我口中就哼出了这样的词句：“好久没到啊这方来哟，新盖的大楼哩排队排哟。公路轻轨通四处，科技兴区幸福来。党的开放政策好，农村迈入新时代……”

多年来，我一直羡慕珠三角和长三角那些地方，也曾多次去参观访问过，便也从中明白了一些道理：这一带能率先发展富裕起来，首先得益于党的改革开放政策好，其次得益于这里的交通条件、技术基础好，再次受益于各类实业项目选得好，最后还靠创业者们苦干实干做得好。今天的重庆，今天的北碚，与二三十年前那些地方的情况相比，已经发生了翻天覆地的变化，尤其是创业发展的各项条件，更为充分，更具优势。比如党中央制定了一系列有利于加大、加快中西部地区开放发展的优惠政策；现在这里比起珠三角、长三角当年创业时的经济、人才、技术实力更为雄厚；在创业过程中，无论具体政策的制定执行、高端人才的招揽任用，还是“朝阳项目”的论证选定、各类产业的科学组合和大批商品的内售外销，都能有制可依，有规可循，不至于再走弯路。

建设者们拓展的多是美丽，保护的多是生态，弘扬的多是文化，打造的多是园区。而在各类工业园区的建设发展中，又坚持的是科技兴碚，主打的是高新产业，杜绝的是粗犷产能，防止的是污染生产……一句话，发挥的是“硅谷效应”，运用的是“四两拨千斤、杠杆撬万吨”的科学原理，创造的是巨大的经济效益、绿色的环保效益、广泛的社会效益和无穷无尽的示范效益！

这段“我笔写我心”的感受性文字，是否反映、表现出了北碚决策者、建设者们的心思呢？我从相关资料特别是两江水土高新园区的发展事实中，找到了答案。工作人员是这样介绍的：

“两江水土高新园于2010年8月18日挂牌成立，一成立这里就被定位为‘水土高新城’，以‘两高三心’（即高新技术产业区、高端人群居住区；数据处理中心、医药服务中心、电子信息软件研发中心）为发展目标。2011年，水土高新园获批建设全国可再生能源建筑应用集中连片示范区，2015—2017年，先后成功纳入中新（重庆）战略性互联互通示范项目、国家双创示范基地、国家自主创新示范区和中国（重庆）自由贸易试验区范围。

“目前，已初步形成大数据及云计算服务、光电显示、半导体集成电路、生物制药及数字化医疗设备、机器人及智能装备制造五大主导产业聚集区。”

更令人可喜的是，在这几年飞速发展的时段中，这里依然是青山绿水，依然是和风白云、空气清新、尘埃不起。我们行走一天，皮鞋是干净的，衣领是洁白的，再查当日北碚和两江新区的气象显示，各项指标为良。再前推数日，每天的气象指标也基本如此。北碚领先主城的丽日惠风，风头不减。

如此惊人的发展速度，如此良好的经济、社会和生态环保效益，使我们肯定地说："碚地硅谷"的格局已经形成，"碚地硅谷"的效应正在释放！我们相信，按照这样的思路发展下去，北碚的人文地位、生态地位、休闲养生地位不仅会依旧领跑主城，而且其经济、科技和创新地位，也同样会倍受世人瞩目！

» 邓高如，军旅作家。中国人民解放军少将，重庆警备区政治部原主任。重庆市作家协会荣誉副主席，重庆市散文学会顾问。

◎ 许大立

北碚，你正年轻

十七岁那年我去北碚，是为了追逐风景。正是风华正茂的青葱岁月，那时的我的确很年轻，年轻得目空一切，年轻得忘乎所以。那时的北碚很老，从夏朝古濮人居住生息起算，也有好几千年了。几千岁的北碚当然很老，就像所有的老人一样瘦骨嶙峋，沟壑满脸。可是北碚老得有韵趣，有情味。小城老街，弯坡曲巷，民居散落，风流尽掩；楼台亭阁，郁郁老树，名人遗迹，济济一城。经历了千年风雨，往来了多少故事。美景无与伦比，英雄缱绻流芳，温泉洗净沧桑。这小城精致得让人心疼。

那时候去北碚是一件很长脸、很有份儿的事儿。提起北碚，小三峡、北温泉、缙云山、金刀峡，立马弥漫了你的思绪，憧憬和向往塞满大脑，幸福与快乐无穷无尽。那时候去北碚也是一件很刺激的事儿。因为只有一条泥巴石子公路通往北碚，只有牛角沱沙坪坝才有长途车和北碚来往，还要经过几个在小三峡之观音峡崖壁上凿出来的山洞，右手边就是美丽如画的嘉陵江，就是百丈峭岩下汹涌澎湃的嘉陵江！那条峭壁上的公路，好多年都是重庆明信片上的招牌风景。

那时候我生活在曾经很有名气的二钢双碑地界，比牛角沱离北碚近多了。可是我对北碚也只有景仰和向往。因为去北碚要乘车，来回要几元路费，加上吃饭门票之类的花销，对于中学生可是个天文数字啊。所以当听说有人带我去北碚，那种兴奋那种快乐真是不可言说，一晚上惊醒了四五次。记得那次逛遍了北碚城的大街小巷，去了北温泉，登了缙云山，还去了一个有瀑布的地方，不知道是不是歇马。

带我去北碚的是西农的几个大学生，我们是走着去的北碚，所有的目的地都靠两条腿。那时候年轻，走起来居然不费劲儿。可是我钟情于北碚的山山水水，此行使我对北碚的印象终于从画片上走了下来，有了感性的认知和视觉的触碰。

二十七岁，我再去北碚，是为了追逐爱情。二十七岁的我仍然年轻，北碚依然苍老，承受了一场场暴风骤雨之后，小城更多了些斑驳和持重。可是雨过天晴，北碚终于焕发生机。其时世人对重庆的大学有这样的评价：重大的牌子，西师的园子，川外的妹子，医学院的刀子。我的女友在西师。

于是西师的园子便成了我的园子。那时候我已经在江津一所中学任教，已经不在乎几块钱的路费。每有假日，我便往北碚跑。因为，我把西师比西施。这所嘉陵江畔、缙云山下的学校早已与附近的西农合并在一起了，改名为西南大学，成了“211 工程”重点大学。

如今，我已年届古稀。多年忙于生计，忙于工作，和青年时代的西师久违了。却忽然间发现，当年的西师仍然是西施，可我已经垂垂老矣；而北碚，已然也不是几千岁的北碚，它返老还童，焕然一新。那天我驱车寻找会场，居然在一块儿几十平方千米的浩大工地上绕了半个小时，处处新楼耸立，大道直通江畔。有人告诉我说这是蔡家岗，我摇头不信！蔡家岗不就是渝碚路上的一个乡场吗？能有这么大的阵势，这么大的气魄，这么大的蜕变？殊不知鄙人孤陋寡闻，原来前些年此地已经纳入国家级开发区两江新区的范畴，完全按照国际标准在打造完美的新区建设项目，商品楼和现代化厂房比比皆是，它的大名叫蔡家国际新城，早已把当年的小土俗变成今日之高大上了！

北碚真的年轻了！年轻得如同五十年前的我们。

那一天他们带我去水土，实在让我脑洞大开，吃了一惊。水土原本是江北县的老县城，自从县城搬去两路，就被遗忘在遥远的嘉陵江边，有水有土，唯独少了现代化的气息。这次再去，水土已经划入北碚，成了两江新区的腹心区域。更令人惊讶的是它的产业，全是现代科学的顶尖门类，汇集人工智能、生物工程、现代医学、超大荧屏等几乎所有当今国内外最先进的科学技术，联系世界各国最领先的科学院所，形成了中国西部最有价值最有魅力的高新科技园区，人称西部硅谷。听毕专家解说，我脱口接道："水土不水，水土不土，全是高精尖，高大上啊！"哈哈，只有真正的重庆人才知道此话的含义。

我要替古老的北碚年轻的生命由衷地点赞！我眼前不断掠过那些人、那些景、那些事儿，感慨物换星移，沧海桑田。

人生易老，天难老。我已由年轻的生命走向衰老，而数千年岁月锤炼的碚石，却在这个时代凤凰涅槃，幻化为一个崭新的、年轻的城市！

» 许大立，高级记者，中国作家协会会员，《重庆晚报》原副总编。

◎ 蒋登科

路与路的变迁

有朋友要从外地乘飞机到重庆，在电话中说：“听说重庆机场到北碚很远，怎样走才方便一些？”我告诉他：“也不知道你是从哪里听到的消息，所谓的很远应该是老皇历了。重庆机场到北碚现在有很多条路，而且都很通畅。”

这件事儿倒使我想起了我所经历的北碚道路的变迁。

“条条大路通罗马”，但首先得有道路。我也常听人说：“要想富，先修路。”人们都知道道路的重要。关于路，比较经典的是鲁迅的说法：“世界上本没有路，走的人多了，也便成了路。”这一说法暗含着独辟蹊径的意味，远远超过了文字本身。我说的是实实在在的路，是可以开车的路。在快速发展的现代都市，仅有乡村小路肯定不行，甚至仅有普通公路也是不行的。

北碚位于重庆主城，嘉陵江穿城而过，周边都是葱翠的高山。我喜欢这座相对独立的城市，有山有水有文化，安静而不浮躁，适合读书、写作、过日子，时常以生活在这座类似森林的城市而自豪。但是，因为大山的阻隔，北碚的对外交通在过去一直不够便捷，使这个都市中的天堂被封闭在一个小盆地里，难以施展“拳脚”。外地朋友一听说北碚和主城核心区的距离，第一反应就是“好远哦”。在飞速发展的时代，北碚肯定不能就按照这个样子一直延续下去。它需要融入外面的世界，也需要外面的人来到这里。

一个地方往返机场的道路便捷与否，往往决定这个地方是否吸引人。在北碚生活了三十多年，我亲眼见证了北碚到机场道路的几次变迁。

在20世纪80年代前期，北碚到主城核心区的道路主要有两条，一条是国道212，沿着嘉陵江边过观音峡，经井口、双碑到沙坪坝；另一条是更老的路，经歇马、青木关翻越中梁山到沙坪坝。后者的路途较远，一般人不会选择。我读大学的时候，每次到沙坪坝看望同学，乘坐的都是在国道212往返的公交车，速度比较慢，时间比较长，要停靠很多小站，因此把沿途的小地名都记熟了。虽然北碚也属于主城，但很多北碚人都喜欢使用“进城”这个词，这一方面说明了北碚的偏远和交通的不便，另一方面也包含着当时北碚人的“乡下人”心态。

当时的重庆机场在巴县的白市驿，不过几乎和我无关。那时年轻，没有机会乘飞机。我和机场的第一次接触是间接的。1986年10月，长沙诗人于沙应邀到西南师范大学开会，我和王珂带着接人的牌子，乘车近两小时，到上清寺的民航接待处等他。按照预约，他在白市驿机场乘车到此与我们汇合，再一起转车到北碚。我们不认识他，又没有电话可以联系，等了好几个小时，车子来了一批又一批，天都快黑了，仍然没有见到他。我们担心错过了回北碚的末班车，无奈地返回学校，结果发现他早已到了学校的宾馆，说是没有见到接人的牌子。

我和机场的真正接触开始于江北机场在1990年初开通之后，因为工作原因，乘机和接机的次数逐渐多了起来。当时，北碚去机场主要走国道212，到沙坪坝之后经石门大桥，过红旗河沟上机场高速。但是，如果遇到桥梁维修，路程会更远，需要经过沙坪坝、牛角沱，过嘉陵江大桥到观音桥，再经过红旗河沟上机场高速。当时的汽车不多，一般情况下不会堵车，但如果遇到修路或者事故，可能就会耽误行程。有一次，一位深圳的朋友从北碚返程，我提前四个小时出发随车送他到机场。后来，吕进先生告诉我，对方到达后就给他打了电话。我回想了一下，当时我还堵在回校的路上，回到单位的时间比朋友飞回深圳的时间整整多出了两个小时。

记不得具体年份了，北碚的嘉陵江左岸从朝阳桥到水土修建了一条水北公路，打通了北碚经悦来到两路的交通。北碚和机场之间的往返就方便了许多，一个多小时就可以赶到。不过，由于是普通公路，弯道多，路面不够宽，速度肯定也就快不起来，非常考验驾驶员的技术，乘车的人也缺少舒适感。

重庆的内环快速公路在2002年开通。接下来的一段时间里，北碚到机场主要是经过国道212在沙坪坝的杨公桥上道，沿内环快速直接转到机场高速。汽车在高速公路上飞奔的那种感觉真是不错，让人体验到现代化交通带来的畅快。更快的感觉来自兰海高速北碚段的开通。从北碚直接上高速，一路飞奔到机场，既畅通又快捷。至少北碚人不再抱怨偏远了，在周末的时候，很多人也从渝中、江北、沙坪坝甚至更远的地方来到北碚，享受优美的风光，品味厚重的文化，体验现代都市的慢生活。

2009年底，重庆绕城高速开通。这是一条环形高速公路，北碚是全线的三个参照点之一。当时，这种突然到来的便捷让我非常激动。趁着到江津参加一个活动的机会，我和家人沿着这条将近一百九十公里的道路绕行一圈，而且每到一个服务区都停下来，细细体会一番，仿佛一下子到了一个陌生的世界。这大山阻隔、大河分割的城市居然变得这样便捷，过去要大半天甚至一整天，经过多次转车才能到达的地方，现在不经意间就到了。很多过去只是在地图上见到过的地名，一下子就出现在眼前。这实在是一个奇迹。从北碚到机场的距离和时间自然缩短了许多，成为主城到机场最便捷的地方之一，我身边的朋友们乘坐飞机似乎也成了家常便饭。不只是到机场，重庆所有的出城高速都和绕城高速相连，从北碚经绕城高速可以快捷地转到任何一条高速上。

如今，从北碚往返机场还不只是绕城高速，从蔡家跨越嘉陵江到寸滩港的公路也已经开通，人们俗称为“中环快速干道”，距离比绕城高速还近。歇马隧道已经打通，稍待时日，北碚人可以通过这条隧道一路畅通地到达机场和港口。如果愿意，我们还可以直接乘坐轻轨到达火车北站和机场，甚至到达重庆城区的很多地方。那种深入地下或者飞翔高空的感觉，也是一种别样的体验。道路的畅通使北碚的城市范围扩大了许多，大山和大山之外的很多地方在过去真的可以称为荒山野岭，可如今已经是道路纵横，高楼林立。蔡家、水土，这些对老北碚人来说曾经有些遥远的地方已经成为现代化大都市的组成部分。有朋友私下说，你们北碚这些年来似乎没有多少变化。我感觉他们说的只是原来的城区，那其实只是北碚老城区的一部分。我告诉他们，这种说法不准确，只有穿过山、跨过江，我们才能真正感受到这座城市在保持文化底蕴、自然风光的同时所发生的令人瞠目的变化。

有一天，女儿打电话问我在忙什么。我说准备进城开会。女儿突然哈哈大笑："老爸，你还在用'进城'这个词啊？"我意识到自己说得不准确，北碚本来就是主城啊，"进城"应该是一个历史概念了，只是由于过去经历太多，嘴上说得多了，就成了一种习惯。我马上对女儿说："我改，保证改！"她又送来一串惬意的笑声。

新一代的北碚人似乎对这座城市有了和我们这代人不一样的感受和感情。道路还在不断延伸，未来的路应该会越来越宽阔，越来越通畅。

◎罗　毅

嫁给北碚

去北碚状元碑参加老街坊孩子的婚礼，一家人乘坐的是地铁6号线。

舒适光亮的地铁平稳快捷准时。这现代化的交通工具，方便。先前从主城到北碚，去那嘉陵江边小城逗留，可是需要做长远打算的。记得20世纪80年代，我与战友从市中区牛角沱坐17路公交到沙坪坝，再转车去北温泉，来回竟耗去整整一天时间。军校毕业那年去部队报到，挤在肮脏的长途汽车上，经沙区井口路过北碚向四川行进，对北碚小城留下第二次印象。那印象并不太好，尤其是临近北碚那一段弯曲狭窄的公路，简直就是从嘉陵江边悬崖石缝中抠出来的。车行处，胆小者，绝对不敢探出头望一望车窗下面湍急汹涌的江水。至于新世纪到来那年，去北碚金刀峡风景区度“五一”长假，走过偏岩古镇，走过胜天湖，前后花费三天时间，疲惫不堪不说，还引得全家老小怨声载道，自己成了老鼠钻风箱——两头受气。

那时北碚，确实有点儿远。远得在老重庆人的印象中如雾里看花。后来渝武高速通车，北碚与主城的距离陡然拉近。一夜之间，偏安一隅的北碚，仿佛从梦中醒来。有友人投资眼光犀利，果断地在三溪口、蔡家岗置房买屋，并邀请我们去北碚耍一耍。这样三去两不去，于北碚的印象，就如同美丽俏佳人，超模样款款步入了T型台——缙云狮子峰、北温泉、绍龙观、温塘峡、金刚碑、嘉陵江、川东行署办公楼、异国情趣的法国梧桐、安静沉寂的风情小街，以及民国时期三千名流遗留的旅痕，引来众人流连忘返……

现在，我们要去参加婚礼的主角，也是选择了在北碚安家。除却爱情，还有什么，让她恋上这片土地？

老街坊的孩子名唤诗诗，犬子的发小。多年前自杨家坪搬家一别，各忙各的，已是十来年鲜有联系。时光飞逝。这"90后"孩子们，转眼就到了谈婚论嫁的年龄。儿子说："诗诗姐姐从西南大学毕业，就没有离开过北碚，做钢琴教师呢。""诗诗妈妈说，她们在北碚买了房，连户口也迁了去。北碚真的那么好？"妻子接过话头，说话言不由衷。在她心里，北碚还是过去的北碚，那乡坝头，是不值得当作人生归宿地的。见娘儿俩说得起劲儿，我不以为然地笑，那儿时见我唤她"稀稀"就眉开眼笑的诗诗妹妹爱上北碚、嫁给北碚，肯定自有她的道理，我以为是她冰雪聪明的表现。

地铁外的风景，扑入眼帘，又迅捷地向后倒去。村庄、小河、桥梁、农舍，零星地散布在田野和山坳。近处，新路纵横；远处，华宇初成；再远些，众多的塔吊如群飞的蜻蜓旋舞……变化非同小可，用老掉牙的成语日新月异来形容，不足道其万一。

细想来也是好笑，大到山水、沟壑，小到某一处废弃老井，老北碚几乎全部入过我的眼，但那是在人比例尺的军用地图上。当年做想定作业，我与同僚用红蓝铅笔模拟两军对垒，于这一方丘陵地上，时而进攻，时而防御，从悦来打到水土，由静观镇向蔡家岗发起反冲击。在嘉陵江上开辟渡场，于明月山上修筑工事。一时间，红蓝两军选点布阵，攻防兼备，枪炮齐鸣，直打得天昏地暗，日月无光……当然这一切，都是纸上演兵。真正的地形地物，交通阡陌，长成个什么样子，心中茫然。

多年以后，是蔡家、水土华丽转身为高新科技园区，是京东方高科技以及闻所未闻的大数据、云计算、新材料、生物制药、集成电路、数字化医疗设备、人工智能装备制造等闪亮登场入驻北碚，才让我真正意识到一个交通发达、美轮美奂、现代化的新北碚已然出现在重庆之北。昔日北碚城，褪色为模糊记忆。今日新北碚，不仅是生态宜居美丽的重庆后花园，更是科技人文创新高地。我断言，要是再用那1954年北京坐标系测绘出的地图来进行现地对照，怕是连绝对顶尖的军事地形学高手，也会丈二和尚摸不着头脑。

这样想着，地铁轻轻驶入状元碑站。随人流出来，果然被陌生的城市道路迷惑。这北碚新城，简直就是一座天外飞来之城。洋溢着浓浓喜庆的海宇大酒店就在地铁站附近，我们却莫名其妙地朝相反方向行进，差点儿闹出尴尬。

百鸟朝凤的婚礼曲欢快地流淌。流苏长舞的粉红花堂内，新郎官手执金秤杆，挑开了新娘子的大红盖头。雪亮的追光照耀一对新人，一袭红装的新娘子，沉静在无边的幸福中。十余年不见的孩子，再谋面，已是嫁给北碚做新娘。

中式婚礼热烈奔放。一对新人，在父母亲朋见证下，羞涩地完成着他们的人生大礼。端坐酒席旁，看花堂内幸福陶醉的新郎新娘，关于美丽北碚的点点滴滴，如梦似雾，又一次奔来眼底……

北碚原名白碚镇，清初巴县五大古镇之一，地处嘉陵江三峡，背负缙云山，地势险峻，历史悠久，仅这北碚之名的来历，就有众多的说法。一说是，流经北碚的嘉陵江，有横亘江中的白鱼石，每遇洪水，白鱼石被淹，江面便露出无数簸箕大小的石背，形如群鳖过江，因而得“白背”之名。书上的说法是，嘉陵江心有巨石，其名曰碚，因居重庆主城之北，遂成北碚之名。

远古的北碚故事，早已载入经诗史册。随便在网上查询，关于北碚的条目，数不胜数。于我有限的了解，美丽北碚的最佳自然风光当数缙云山。这一处古称巴山，正是李商隐吟咏“巴山夜雨涨秋池”之地。山中缙云寺，历一千五百余年悠长岁月，至今香火频仍，暮鼓晨钟响彻山间。这里也曾经是中共中央西南局夏日办公地。遮天蔽日的杉木园后，留有邓小平、刘伯承和贺龙元帅旧居，掩映在苍竹深处的青瓦黄墙小屋，承载着先辈们当年为重庆建设呕心沥血的历史。

说美丽北碚，肯定少不了久负盛名的北温泉。园内松涛鸣、竹影舞、汤泉温暖，特别值得我等以文为生者膜拜的，是那一幢卢作孚先生募捐修筑的木楼别墅，别墅因竹柱、竹墙、小青瓦而得名“竹楼”。入墅凭栏，温塘峡中美景，尽收眼底。这几乎与世隔绝的小小竹楼，抗战时期可是众多创作家的灵感摇篮。在这里，阳瀚笙将小说《塞上风云》和《日本间谍》改编为电影剧本，得到毛主席表扬；郭沫若旅居于此，改写五幕话剧《棠棣之花》，又用十天时间，创作出黄钟大吕般的历史剧《屈原》；夏衍先生居竹楼，创作出四幕话剧《水乡吟》，并根据托尔斯泰巨著《复活》，改编成五幕六场同名话剧。

说美丽北碚新故事，百分百少不了高新园。地处中梁山与明月山之间的蔡家、水土高新园，辖北碚蔡家岗街道、复兴镇、水土镇，是重庆两江新区打造的万亿级先进制造业基地的重要组成部分。历经数年开发，一大批涉及基地长远发展的水电气讯污设施建成投用，良好的产业发展基础，吸引规模以上企业近百家入驻，一举纳入中新（重庆）战略性互联互通示范项目、国家双创示范基地、国家自主创新示范区和中国（重庆）自由贸易试验区范围。如今，北碚高新园，已是高新技术产业区、高端人群居住区，数据处理中心、医药服务中心、电子信息软件研发中心等高大上的现代科技企业脱颖而出，渐成规模。

在缙云山下求学多年，被其母校西南大学厚重人文气息熏陶的学子诗诗姑娘嫁给北碚，在北碚新城安家立业，一定是被美丽北碚的风物深深吸引。择其善者而从之，这样的选择，真好！作为长辈，我为孩子点赞，并为北碚祝福。

» 罗毅，第二届重庆晚报文学奖获得者。

◎谭 萍

北碚，对不起

喜欢北碚，常常流连于此，对她的美景烂熟于心。不必说春天的金刚碑芳草萋萋，山花烂漫，一直延伸到嘉陵江畔；夏天的缙云山满目苍翠，凉爽宜人。更不必说秋天的桐叶纷飞，别有一番风韵。到了冬天，北温泉敞开怀抱接纳四方宾客，让人倍感温馨。

人们往往钟情于山水的美好，大方地接受着自然的馈赠。临到需要自己做贡献的时候，却不免前思后想，萌生退意，甚至临阵脱逃，而我就是其中一员。现在回想起来，仍有一种深深的歉意萦绕于心。

那是20世纪80年代末期，我临毕业找工作，就有一次分配到北碚工作的机会。老师不厌其烦地给我们讲述北碚的各种好，如何人杰地灵。从西师、西农的博大讲到小陪都的精深，从雅舍讲到梁实秋、老舍，以及民国时期居住于此的诸位大师的种种轶闻趣事儿，还有大名鼎鼎的爱国实业家卢作孚先生和他的民生轮船公司……

年轻的心憧憬着无限前程与美景，钟灵毓秀的小城在向我招手，我甚至填好了各种表格。父母的一番话却给我泼了一盆冷水："那么偏远，要不你先去看看？"

在等待一小时，坐了两个多小时的专线车以后，再转了去乡镇的车，又步行了几里山路，炎炎烈日下，我挥汗如雨，终于抵达了目的地。

这是怎样的穷乡僻壤？一条铺满石板路的街道一眼就可以望穿，旁边唯一一个乡镇企业大门紧闭，散发出阵阵刺鼻的气味。我捂鼻掩面，迅速逃离现场。

我就这样与北碚失之交臂，而我一位要好的同学却自告奋勇，欣然前往。从乡镇中学教师到区文化宣传干部，整整三十年，不遗余力，在北碚这片人文底蕴厚重的土地上，干得风生水起。

从此之后，每每提到或者经过北碚，总有一种特殊的情愫在我的心里五味杂陈。我默默地向北碚说着对不起，同时又默默地关注着北碚的变化与发展。

2010 年，两江新区成立，北碚的大片区域归纳其中，水土、蔡家等几大园区应运而生。两年后，远在深圳的表弟回乡创业，我向他隆重推荐了北碚，并陪同他实地考察，那时的工业园已初具规模，各种优惠政策和便民措施非常到位。表弟当场拍板，决定回渝建厂。

经过一番努力，表弟投资兴建的电子元件厂隆重开业。坐在表弟窗明几净的办公室里，望着外面一排排高大整洁的厂房，宽敞笔直的道路，青翠挺拔的行道树，我竟然如释重负，抑制不住内心的激动，心情也跟着舒畅起来。

表弟打开话匣子，滔滔不绝地讲述他建厂的经历。在政策扶持下，园区管理部门急企业所急，想企业所想，从建筑招标到人员招聘，从资金物流到生产技术，都提供了大量的支持与帮助。工作人员更是上门服务，办理各种手续。寒来暑往，披星戴月。一桩桩，一件件，历历在目，实惠而又暖心。让他这个漂泊多年的中年汉子终于找到了回家的感觉。

占尽天时地利人和，表弟的企业在原有基础上，进行了技术改造与创新，产值也跟着直线上升。真可谓园区有靠头，企业有奔头，和谐共赢的局面逐渐形成。

我现在经常往来于北碚，得益于主城核心区与北碚一小时的地铁行程以及几条四通八达的快速干道，我对北碚的愧疚也早已释怀，走在这片生机盎然的土地上，心里感到格外的踏实与温暖。为着北碚如火如荼的今天，更为北碚美好的明天，我由衷的自豪。

» 谭萍，重庆市作家协会会员，重庆新诗学会副会长。

◎常 克

我熟悉的北碚不是这样的

前些时间去了一趟北碚，好多地方都完全不认得了。确实大开眼界，处处震撼，感慨丛生。

而之前，我熟悉的北碚不是这样的。1980 年，我二十岁，第一次到当时的西南农业大学看望读大学的姐姐，也似乎是第一次到北碚。那个下午，校园风轻叶静，郁郁葱葱的树林在我眼里风景如画。我的姐姐，还有同在这所大学读书的我姐夫（当时他们还是同学），多年以后，他们双双成为中国著名的果树专家。

幽静的小街干干净净，卢作孚、老舍和梁实秋的旧居，颜色深邃如同往事。

北碚的小面和抄手特别好吃，各吃一碗之后，我会在街心花园的新华书店泡半天。

然而，我想象的北碚不是这样的……是后来多了一条蜿蜒而上的缙云步道，是通往歇马重新加宽了的大道，是北碚新城漂亮的楼宇。是老城的历史遗韵被珍藏得温润如许，是陶行知、梁漱溟、吴宓的身影仍然在嘉陵江畔光芒闪耀，是抗战时期三千多位各界名流曾经的探索，是新城的故事依然延续缙云山的传奇。所以在 2017 年，我第一次走进新开馆的重庆自然博物馆，最壮观的还不是犹如过节的排队长龙，而是那些栩栩如生的各种各样的动物标本，它们鲜活的眼神代表岁月是可以永恒的。博物馆琳琅满目，地球厅特别出彩，似乎整个世界都容纳在里面，为我所用。

说来说去，我熟悉的北碚，我想象的北碚，无论怎样渐渐的宽阔，渐渐的高耸，总离不开秀巧与安静。

但这些都不是完整的北碚，更不是现在的北碚。站在缙云山和明月山之间的那一片丘峦远眺，我蓦然发现，曾经鲜润得水灵灵的北碚，已经豪情万丈。

或者也可以说，与生俱来的优雅成了北碚的魂魄，它现在揭示的，是雄远，是粗犷，甚至还带些大胆求索的野性。

比如歇马隧道，我把它比喻为北碚之眼。

从这只眼看北碚，你才会懂得，在前行的路径中绝不允许阻隔的存在，这就需要一种力量。本来，桥与隧之于现在的北碚，已算不得稀奇，但当我听说从三溪口坡上的三溪村通过一条隧道到达歇马街道文凤村，以后只需要十来分钟，顿时就恍惚钻进了时空隧道。

二十多年前，我每隔一段时间就要去歇马，那一片波澜起伏的柑橘林几乎陪伴了我女儿的成长。从巴南李家沱坐船搭车一直到歇马，到坐在姐姐家，看小外甥女和小女儿嬉笑玩耍，紧赶慢赶也得接近一天。

歇马隧道暂时还未开通，但我们有幸获得特别允许，坐在车上跑了一个往返，单隧四公里多的长度，几分钟呼啸而过。这样一种穿山越岭，它在连接曾经偏居一隅的两个街道的同时，更多地凸显出北碚越来越广邈的眼界以及爆发力。这已经不仅仅只是一座城市，背后，是它深潜已久的强大磁性，正在加速释放。大刀阔斧，酣畅淋漓，以一种气势雄远并且毫不掩饰的豪迈。

好戏总是连迭。眼前这一片山峦间最惊艳的土地，就是两江新区水土高新生态城。辖区面积一百一十八平方公里的土地，统揽北碚的复兴、水土两个街道，眼前，每一幢高大的现代建筑里面，都有一道高科技的阵列。

纳米材料传感器呼吸监测系统，CAR-T免疫细胞疗法，老年病分子诊断质谱云中心，体内药物代谢动力学服务，干细胞、生殖医学、新材料……仅是这些最前沿的科技名词，就代表了这片土地的另外一次超级地壳运动。

这就很好理解，水土园区为何被比喻为“推动全区经济发展的重要引擎”。层出不穷的技术创新体系，从战略支撑到战略引领，水土园区以其周全和缜密的后发力量布局，强大的接纳和强韧的推动，已经显示出聚集优势，引人注目。

“水土”，这个名字好像自带了工笔画的精致与周全。有个成语说，“水土不服”。依我看，到了水土，你不服都不行。一方水土养一方人，这话用在北碚，有点儿量身定做的意思。

现在特别期待歇马隧道早日通车。我想知道，一段曾经非常远的山路折叠为十多分钟路程之后，那种神奇的速度转换。

歇马于我就是一段难忘的情愫。1982年，姐姐在西南农业大学毕业后曾经在柑橘研究所工作过，橘香丛中安家立业，倒是另一种诗意栖居。姐姐和姐夫后来都调到了四川，继续在果树的芳园中植入北碚教给他们的心灵体验，成就了更大的事业空间。

现在看来，这何尝不是一段北碚往事。我在想，北碚的静谧和喷薄，是由每一个北碚人幻化的，无论走多远，无论成就有多大，你都经历过这一方水土的养育。而那一年的淡淡花香，正是为了铺垫这个季节的盛开和繁华。为此，北碚蓄势已久。

现在，我亲眼所见的北碚，就是这样的。

并且远不止于此。

» 常克，重庆市作家协会会员，重庆散文学会副会长，现供职于重庆巴渝文化研究院。

◎ 糜建国

巴山明珠新北碚

“君问归期未有期，巴山夜雨涨秋池。何当共剪西窗烛，却话巴山夜雨时。”李商隐这首《巴山夜雨》，我早年就能背得朗朗上口，但诗句里的“巴山”，没想到却是有所特指，是缙云山。山脚下一座城，一条江。江像一条腰带，绕城而去。那江，叫嘉陵江；那城，叫北碚。

我们家一共六姊妹，在我们这一代中，除了姐姐有一个叫一兰的女儿外，其他全是儿子，我们在心里面对这个外侄女就特别疼爱。也是姻缘巧合，外侄女一兰就刚好嫁在了北碚，于是就有了更多的机会去她家，但也没有仔细看过北碚、念过北碚、想过北碚。初识北碚，北碚就是一座山，一条江，一座城。

去年底，我有幸跟随重庆“知名作家看北碚”采风团前往北碚，有了一次深刻感受。这一天下来，北碚像一幅画卷，在我们面前徐徐展开。

在近年快速、厚实的发展中，北碚已不再是一颗被缙云山的雾覆盖了的明珠，也不仅仅是文人荟萃了，经济和科技已经作为北碚发展的主体。科技兴碚，未来的北碚，必将是一个科技文化名城。在文化的层面上，将烙上深深的科技印痕。由于时间紧，我们重点参观了歇马隧道和水土高新园区。

刚到中梁山下，我们就看见鬼斧神工般的一对大眼睛。这是一双未来之眼。里面有神秘、有期待，还有惊喜；而透过这双眼，望出去，更能看见未来的繁华、厚重。经北碚区建委领导介绍，那就是歇马隧道。当我们车子缓缓驶进隧道，由于还没装饰，没安装灯光、指示牌等，随着车子匀速前进，我竟然有一些不真实的感觉，像进入了一座时空隧道，我的思绪飞扬了起来。

歇马隧道作为重庆市快速路一横线的重要控制性节点工程，轻松、潇洒地穿越中梁山而来。该项目建成通车后，歇马至蔡家车程在十分钟以内，将极大缓解渝武高速北碚段通行压力，成为连接北碚与其他各区的又一快速通道。同时，将实现北碚中心城区和蔡家新区的有机衔接，加速歇马、蔡家组团式的城市开发建设。

处于整个北碚交通“三横三纵”骨架路网上的歇马隧道，应运而生，让我们感受到它不是一条一般意义上的隧道！它将起到引领、促进区域经济腾飞的作用。

如果说歇马隧道让我们看到了直接的经济效益，那么两江新区水土高新技术产业园，则充分向我们展示了北碚的科技魅力。科技兴碚，已不是传说，其巨大的经济价值和社会效应已经显山露水。

两江新区是继上海浦东新区和天津滨海新区之后，我国第三个国家级新区，也是内陆以及西部地区的第一个开发开放新区，因位于长江以北、嘉陵江以东而得名。目前，国家对两江新区的政策叠加优势突出。水土作为两江新区重要的功能区之一和打造万亿级先进制造业基地的重要组成部分，经过近十年的发展，让我们不得不刮目相看！

水土古有“白天千人躬首，夜晚万盏明灯”之称，足见其繁华兴旺。曾经繁华的水土于20世纪70年代沉寂，在今天被整体纳入重庆两江新区后，随着水土高新技术产业园的成立，一大批世界500强及国家级企业落户水土，使其迎来了快速发展的黄金时期。

站在水土园区观景台上，视野开阔，背后华蓥山巍峨、绵延。竹溪河幽幽纵贯南北而过，整个园区尽收眼底，繁华渐起。不禁让我们感叹连连，曾经的荒山野岭，如今如海市蜃楼般矗立眼前，并告诉我们：这不是梦！

北碚，这颗缙云山下的明珠已经渐渐显现光芒。以其浓郁的文化氛围、著名的风景名胜、秀丽的花园城区而名扬四方的北碚，正凭借两江新区的利好，打出蔡家组团和水土组团两个科技组合拳，从而与青黛山水、人文底蕴相得益彰，文化与科技两套马车并驾齐驱，演绎出在新时代的蓬勃发展。桅杆露出水面，“科技兴碚”已扬帆起航，搏浪向前。

» 糜建国，重庆市作家协会会员，中国散文学会会员。

◎ 艾晓林

这方水土

记忆中的水土，只是一个小乡场。

二十多年前，我在一个重点中学当教师。暑假，学校举行班主任培训班，培训结束，组织班主任到金刀峡做为期两天的短暂休闲。

乘坐的大客车驶进一个小街。水泥的路面，两旁是高低错落的民房。房屋大多是砖混，两三层楼。外墙是灰砂或红砂，基本没有装饰过。还有一些木平房，或者两层的木楼房。临街的底楼，多为商铺。恰逢赶场，街边一个个竹背篓，装着乡下村民自家出产的农产品，时令菜蔬，鸡鸭鹅兔和禽蛋，静静地摆放着，等着被人买走。赶场的人多，显得很是热闹。街道并不长，车很快就开过了，剩下的便是农田和坡地。

这就是水土。那时水土虽然是一个小乡场，但在清康熙年间就设镇，设置塘汛关卡，有过“白天千人躬首、夜晚万盏明灯”的繁华，历史悠久。嘉陵江流过，有著名的嘉陵江小三峡中的观音峡，风景秀美。

那以后，我再没去过水土。

这几年，“水土”这两个字，却常常出现在我眼前、耳中。两江水土高新园区成立、建设取得快速进展，战略性高新产业、高新技术产业、中科院重庆研究院，一个个落地在园区，一篇篇关于水土工业园区的报道，使“水土”深深地印记在我的脑中。

一次实地的体验，使我重新认识了水土。

乘着车，我再次来到北碚区水土街道。宽敞平整的沥青马路，两旁是新建的舒适的居民小区，一排排绿色的行道树，还有盛开着的艳丽的花。我来到一个公园，站在园区观景台上，听着园区负责人介绍情况，看到一片片林立的现代化、标准化厂房、办公楼，纵横交错的园区交通道路，心中陡然感到一阵震撼。

这一方水土，已然不是我记忆中的那片水土了。这是一方高新产业集群的水土。

在芳草碧茵、绿树环绕中，有一座漂亮整洁的厂房，这就是重庆京东方光电科技有限公司。我来到清洁安静的一楼展示大厅，欣赏着各种展品。几十种手机、平板电脑、笔记本电脑和电视用液晶面板、触控面板让我目不暇接。驻足在十多种不同规格的超薄、超大、超高清图像的液晶电视前，我赞叹不已。技术的智能性、触控的先进性、操控的灵便性，更让我惊叹。不仅如此，他们还研究了面向智慧城市和智慧家庭的车载、镜面、可穿戴设备的创新应用解决方案。

这是一方引领科技创新的水土。

当我来到中科院重庆研究院，就像是进入了神圣的科学殿堂，许多儿时的记忆一下又涌上心头。研究院的徽标在园区格外引人注目，办公楼、研究室、实验室各具特色。在办公楼一楼大厅，接待人员热情地引导着我们来到研究院的成果展示厅，向我们详细介绍科研研发成果和产业化成果。这里已初步建成产业技术源头创新基地、技术集成创新与育成基地、高层次创新创业人才基地，成为西部地区科技交流与合作的重要平台。尤其是石墨烯规模化制备、智能人脸识别、3D打印技术、超滤膜材料工业化生产等多项关键技术，取得了重大突破。

记忆中的水土，虽然只是一个小乡场，但纯朴、美好。今天亲眼看到、真切感受到北碚区的这方水土，是云端下的一片热土：优美而宁静，现代而繁华。这方水土，犹如九层之台，由一个个引领创新的高地累积起来。

踏上这方水土，一种奋发进取之力，催促我疾步前行。

» 艾晓林，重庆市作家协会会员，重庆市散文学会会员。

◎ 刘建春

北碚的交响诗

这是何等动人的一首又一首现代交响诗，在北碚上空经久鸣响，缭绕不去。

北碚，好一幅民俗风情画。

北碚，好一首现代交响诗。

走进北碚，也就是走进了重庆的城市花园。那是一座充满诗情画意的山水长廊。我无数次来到北碚，都对这里宁静、优美、祥和的自然风景和人文景观恋恋不舍。奔腾的嘉陵江水如玉带般绕城蜿蜒而去，又像一幅巨型山水诗画，把历代诗人的雄放诗篇次第打开：杜甫的“花远重重树，云轻处处山”；李商隐的“千里嘉陵江水色，含烟带月碧于蓝”；冯时行的“借问禅林景若何，半天楼殿冠嵯峨”；张纯一的“松风明月韵流泉，九峰苍翠耸江边”……碚城书香横溢，款款流淌着唐诗宋词的韵味。

漫步在城区街道上，我常常怀疑自己是漫步在北欧城市。那高大的梧桐树，卓尔不凡，冠盖如荫，好似一幅写意画。那一栋栋精致的建筑，在山水环抱中飘逸出一种格外动人的建筑美。想 20 世纪 20 年代初，实业家卢作孚独具慧眼，利用森林温泉峡谷之美，开发打造出这一片美妙之乐土。时隔多年，北碚已建成一座宜居的现代化大都市，成为“现代中国缩影”。鼎盛时，曾有数千位社会名流，选择在此栖居。老舍在老舍旧居写下了《四世同堂》，梁实秋在“雅舍”里创作了《雅舍小品》……

提到北碚，不能不提到缙云山，这是北碚一张响当当的地标名片。如今更是风光旖旎，韶华再发。我每年夏季常常会携友人到缙云山纳凉，置身于蓊郁葱茏的森林怀抱里，沐浴在满满馨香的绿色空气中，凝望狮子峰横亘的巍然和峭拔。头顶蓝天，脚踏白云，有一种飘飘欲仙的感觉。尤其是下山后，我会依依不舍，常常一个人踟蹰在缙云山脚下，仰望山顶上那一缕缕漂浮的白云，遥想八大古刹和晚唐石照壁、明代石牌坊、宋代石刻的幽远和古韵，以及建于南北朝时期的“川东佛教圣地”缙云寺和白云观、绍龙观等道教文化园。佛道相融，和谐共生，这些深厚的历史文化都融入了我的血脉，受益终身。

时代的变迁，终会再次改变一个城市的命运。北碚，依然在历史的进程中一次次抓住机遇，华丽转身，惊艳亮相。

我再次走进北碚，走进水土。一座座精致的科技楼扑面而来，传统与现代交织，历史与未来接壤。同一座城市，自清朝康熙年间设镇以来便书写过三次华彩乐章：清朝时因设置塘汛关卡有“白天千人躬首，夜晚万盏明灯”之誉；抗战时有“北碚豆花土沱酒，好耍不过澄江口”民谣见证。如今更是走进世界前沿，瞬间使人恍如隔世。

2010年，两江新区水土高新园挂牌，定位为“水土高新生态城”，以“两高三心（即高新技术产业区、高端人群居住区；数据处理中心、医药服务中心、电子信息软件研发中心）”为发展目标。十年的攻关，十年的拼搏，大数据及云计算服务、光电显示、半导体集成电路、生物制药及数字化医疗设备、机器人及智能装备制造五大主导产业聚集区，犹如五翼齐发，在一百一十八平方公里的土地上纵横驰骋，扶摇于广阔天地之间。

这是何等动人的一首又一首现代交响诗，在北碚上空经久鸣响，缭绕不去。

一个城市，有了文化，就有了诗魂；一个城市，有了高科技，就有了神韵。水土高新园凭借北碚深厚的历史文化底蕴和自然风景，打造高科技城市特色，使水土高新城迅速崛起，并成为这个城市最闪亮的一颗科技明珠。这也是“创造奇迹、创享未来”最诗意的注解。

临别时，我再次徘徊在缙云山脚下。仰望山顶，云蒸雾腾，景象万千，气势磅礴，令人遐想悠悠。倏然，我想起了臧克家的一句诗：“登山千条路，同仰一月高。”一个城市的建设和发展，犹如登山一样，只有找到最适合自己的登山道，才能用最快的速度到达山顶，一览无限风光……

» 刘建春，中国作家协会会员，重庆散文学会会长。

◎ 吴景娅

少女之城

有首台湾诗人的诗常让我感怀：

午夜
什么才能解渴呢？
最好回苏州去
骑匹小毛驴
不要带书童
七拐八拐地走进
青石弄堂
……

回北碚，也是一种解渴。虽然失去了毛驴这个重要道具，也无法扮演穿靛青花衣的田园牧女。要带的东西嘛，也只能像所有的过客一样，带着一生一世的匆忙与漫不经心。然而，北碚仍是午夜要回的地方，一个叫永远的地方。

想着的并不是走高速路，而是穿过鸡公山下的隧道以及滴水成帘的老鹰岩，望着对岸白庙子一带的峨大山势、烟雨人家发一会儿呆。嘉陵的水在秋冬明显瘦了，把江中嶙峋的怪石暴露无遗。原来，碚石便是这样偶尔露出峥嵘。

这是我向往着的回故乡的方式，有些惊心，如同陶渊明的武陵人接近他的桃花源——穿越黑暗、逼仄的狭窄、命运的不可知，那便是归属，柳暗花明，豁然开朗。

要论气质，北碚与苏州倒真有几分相似，河生雾，雾生烟，烟生树，树生露，多水而多情。只是苏州像沉郁的少年，多有湿漉漉的忧伤；北碚更像少女，老做着水灵灵的梦。

有时候真有点儿怜悯现代人贫瘠的心灵：想找个地方发发呆，已是奢侈。我也是。这些年，抓住空隙，就满世界找地方发呆去，丽江、夏河、普罗旺斯……然而，发呆，不过是短时逃避，对漫长的人生不见得有多大的修正和建设。而做梦就不同了，它是那种让人眼睛发亮的东西。有梦的人，会化平庸为神奇。

北碚是个让人做梦的地方，小情小调，大爱大恨，几乎成为一种基因，传承于北碚人的骨血里。反哺于斯土，小城便成了梦城——竹海的吐故纳新，梧桐叶的焦脆作响，都是梦呓，说着唐诗宋词般的语言，谁也无法复制的语言，小城人的眼睛就顾盼生辉，性子却淡泊。小城出诗人，前潮后浪般地涌出，无怨无悔地爱着自然与文学，让小城离乡村很近，离优雅很近，离一切的形而上很近。

我二分之一的人生是属于北碚的。小城，给了我无限宽广的时间做过无限宽广的梦。天知道，北碚的光阴为何比其他地方缓慢了许多，时间在那里很像梁滩河或龙凤溪，水波不兴，静若处子，却又气定神闲。

那一年也就十八岁吧——仲春时节，同学少年一群人沿着温塘峡峡口的小路往上走。西山坪的万丈悬崖间，隐约着的石门和栈道，被凄凄荒草湮没，传说是三国张飞走过的路。

而少男少女的我们是前不见古人的，只望得见半山腰的粉色桃花。我们竟是在三月的荒草与桃花间，拉着手跳交谊舞，双双对对，一步一个石梯地跳上山的。或许，那是20世纪80年代最漂亮的一个白日梦。

还有一次，与父亲去缙云后山。父亲带着我去走他的“俄罗斯小道”。沿着微波站铁塔向南、舍身崖往南，走过碧云般的矮竹林，叶阔爪密的蕨鸡草，然后是气味浓郁的樟树、柏树、松树组成的植被群落。远近无人，空山静寂，只有遗世而独立的树木清香宛若天籁，洋洋洒洒蜿蜒而去，直抵璧山。8月的璧山正是稻谷熟了的季节，层层叠叠的梯田，层层叠叠的金黄，奢侈而富足的年月。

当年父亲对北碚的忠诚常让我不可思议。他每每到渝中区，第一个动作便是抽动鼻子，滋滋两声，表达对逼仄的一切——空气与空间的拒绝。回到北碚，尘埃落定般地踏实，他天真地笑着，说话咂咂有声，并以少女般的情怀为北碚写了几十首长诗短韵。他一直以为会终老在这座自己无比热爱的小城里。但，一生中唯一的一次出国，却让他冤死在异国他乡。

对于父亲的安置，家人曾有过争议，我们都因工作远离了北碚，若把父亲独自安置在那里，会不会孤寂？父亲却托了梦来，让我们把他的骨灰撒在金刚碑一带的嘉陵江中。

一直知道，那片江水是他最喜欢的——春来，嘉陵的水先从那里碧绿，岸边有豌豆花开得草根却绚烂。上面的金刚碑镇，黄葛古树巨硕的根须盘桓在青石间，像一种传奇，轮回了几生几世，仍伴着吃豆花饭的男女朝朝暮暮。

父命难违。

原来，北碚这地方是让人生死相许的。

» 吴景娅，中国作家协会会员，中国散文学会会员，重庆作家协会主席团成员，重庆作家协会散文创委会主任，重庆散文学会副会长，资深媒体人。

◎ 谭朝春

我爱我的新家

我的新家在北碚新城。新城位于老城之南，人们习惯呼为“城南”，在21世纪开发建设而崛起，以新面貌、新气派呈现在缙云山麓。

禁不住新城的诱惑，六年前，我告别了居住多年的老城，从拥挤狭窄的筒子楼迁居新城云清路某小区，住进一栋普通楼房的七层。虽说不是洋楼也不是别墅，但我是越住越喜欢。首先喜欢的是推窗见绿。在客厅看电视，播放广告的时候就可欣赏缙云山苍翠的九峰；在餐厅吃饭，大快朵颐之余就可欣赏缙云广场当空变幻的云彩；而在书房读书写作，累了，平视窗外，就能让对面山头重重叠叠的翠竹绿树滋润眼睛。晨起虽不闻雄鸡报晓，但见红彤彤的旭日从卧室的窗口探进头来，催我投入新的一天。新家的窗户每一扇都是一幅画框，所以作为摄影发烧友的我与堪称摄影家的夫人，总在窗台搁置着一台相机，随时准备将扑进画框里的景致定格于镜头。守株待兔，还真有所收获，比如难得一见的那缙云山气势磅礴的云瀑，很难捕捉的那夕阳下展翅欢歌的鸟群。可在我老城的家，同样是位于七层楼的高度，我们从来没在窗口动用过相机，不敢动用，窗口对着的都是离得很近的别人家的窗口或阳台。

住进小区的新家，不仅推窗见绿，临窗俯瞰，竟然还有一条小溪穿过小区宽长的庭院蜿蜒而过。对这条小溪，我情有独钟。它不是人工循环水，更不是一沟死水、臭水，它自自然然地日夜流淌着，雨天浑黄，晴天清碧。它来自缙云山西边，向东经缙云广场流到嘉陵江，再汇入长江直奔大海，从不停息，从未枯竭，只是雨水多，有所涨；雨水少，有所落。溪流，是我少儿时最深刻、最亲切的记忆。生我养我的乡下老家就有这样一条终年不断的溪流，叫长溪沟。我在沟里摸鱼、捉虾、搬螃蟹，沿沟边打柴、割草、同伙伴玩耍，可以说是长溪沟伴随我长大。谁曾想到，住进城里还能与溪流邂逅，让溪流的波光水影和它叮咚的流淌声慰我乡愁。古今与诗文书画亲近的文人墨客，喜欢把书房叫什么斋。若我也附庸一下风雅，我就把新家的书房叫作“叮咚斋”。让叮咚的水声伴我读书，伴我写作，伴我发呆，伴我悄然入梦。

自从搬到新家，我几乎每天晚上都要下楼去小区庭院走一走，沿小溪走几个来回，然后在跨溪的一座小拱桥一侧的小广场上打太极拳。夜晚的空气，比白天更为清馨，直沁心脾。清馨源自花木，有迎春花、有黄葛兰、有樱花、有栀子、有杜鹃、有三角梅、有桂花、有扶桑花等，四季有花开，无时不芬芳。仰望还能见到静谧的夜空那含情脉脉的月亮与星星，一如我年少时在乡下打谷场纳凉所见。庭院的道路也讲究，铺设的人字纹别致又亲切。我小时候喜欢竹编，编的蒸盖、簸箕之类织的都是人字纹，踏着这样的人字纹我倍感舒爽。睡前在小区庭院散步健身，是我一天中最享受的时刻。

我爱我的新家。

要说生态宜居，舍此新家还有更生态的吗？在搬新家之前，我去过大洋洲的新西兰，觉得那里居住的环境都如公园，到处都有花草树木，不免生几分想移民的念头，可现在北碚开发的新区，也大有彼岸岛国的气象了。我也去过祖国改革开放的前沿北海等地小住，也想过迁居。自从搬了新家，迁居移民的想法和念头便无影无踪了。北碚，我注定得爱她一辈子，新家将是我终老的地方。

》谭朝春，中国作家协会会员，重庆市作家协会全委会委员，重庆市北碚区作家协会荣誉主席。

◎ 李北兰

与书香比邻

咱们中国有一句古话“择邻而居”，即选择邻居好的地方居住、生活。我想，这个好邻居之“好”，无非有二：一是书香；二是知识……幸运的是，我不用选择，就自然而然地与书香和知识比邻。

之所以说是幸运，是因为我所居住的小区与面积大、书香气浓的大学——西南大学比邻。虽隔着一条蜿蜒曲折、小桥如鞍的溪流（马鞍溪湿地公园的一部分），但即便没站在观景台上对望，只是坐在家中冥想，也能“嗅”到浓郁的书香从对岸一阵阵弥漫过来。

这不绝如缕、延绵百年的浓郁书香，既有历史的人文底蕴，也有现实的精神依托。

一所大学的书香之魂是什么？当然是荟萃的名师、杰出的人才！

“问渠那得清如许，为有源头活水来”，一大批名师贤达曾经和现今执教于此，春风化雨，躬耕不辍，无疑使这书香的源头活络、生动、历久弥新。其中如中国比较文学之父、国学大师吴宓，中国土壤学科开拓者侯光炯，等，不仅光耀中国，即便站在世界学林里，也是熠熠生辉；而从这占地九千六百余亩、风景如画的校园里走出去的专家、院士、杰出人才，则更是数不胜数，无疑将这份浓郁的书香铺向五湖四海。其中如杂交水稻之父袁隆平、瓜类育种专家吴明珠、著名蚕学专家向仲怀、大熊猫专家胡锦矗等，不仅国内闻名遐迩，也毫无逊色地登上了世界大舞台。正如古诗里所说“最是书香能致远”！一旦跨进这雅韵流淌、书香摇曳的博大校园，莘莘学子无不努力学习、刻苦钻研，他们知道，梦想正在向他们招手！

之所以说是幸运，也是因为我所居住的小区与占地三万平方米（在全国同类馆中排名第二）、国家4A级风景旅游区的重庆自然博物馆新馆比邻。虽斜隔着一条绿茵苒苒的缙云大道，但“邻居”的气场却无所不在——有亲朋自远方来，往往要在电话或微信里叮嘱：“在重庆自然博物馆站前面（或后面）一站下车，即到我们小区大门……”稍后，则必然“不亦乐乎”地带亲朋去“邻居”处打望，以体味知识的力量和立体的书香：“近在咫尺，不参观要后悔一辈子！”

这模山范水、传承文脉的知识气场，既有历史的沉积铺垫，也有现实的砥砺开拓。

一所博物馆的知识之魂是什么？当然是建馆的群英、丰富的馆藏！

该馆原是爱国实业家卢作孚先生1930年创建的中国西部科学院，几十位驰名中外的科学家曾参与创建筹办，其中黄汲清、赵九章、杨钟健、王家楫等十余位新中国的院士还在该馆工作过……“堂基千载书香在”，九十年的历史文化底蕴，怎一个“厚”字了得！

厚德载物，后继者们自然是一脉相承。值得一提的是，新馆主体建筑的“根包石”设计构思巧妙，以“山、水、黄葛树根”等浓郁的巴渝特色，展现了自然界的普通而又不平凡。尚未进馆，参观者便与扑面而来的书香气撞了个满怀；进得馆来，则更是尽享科学盛宴——堪称立体书香的馆藏品约八千余件，涵盖动物、植物、古生物、岩石、矿物、土壤、旧石器、古人类等多种类别，足以让人从古代“游”进现代。最为珍贵的，则是大量以恐龙为代表的中生代古脊椎动物化石，其中的“巴渝恐龙世界”，可比肩大英博物馆；而这“书香”也与时俱进，结合展品的原生形态，巧妙地运用声、光、电、多媒体技术“复制”人与动物、人与环境的自然场景及进化场面，无疑给人以强烈震撼，使参观者在开阔眼界之余，又增添了一份责任感，即保护大自然、亲近大自然、敬畏大自然！

在北碚，与书香比邻的岂止我一家？其实，咱新老北碚人，哪一家不是与书香比邻、被书香包围？

从唐代到清末，曾有近五十位诗人游过或寓居此地，留下吟咏北碚的诗作八十余首。如唐代陈子昂的《入东阳峡与李明府舟前后不相及》、李白的《巴女词》、李商隐的《夜雨寄北》、宋代冯时行的《缙云文集》……而最让咱北碚人津津乐道的是，抗战时期，曾有上千文人墨客、学者名士在这块儿钟灵毓秀之地生活过。随便点击其中一个故事，都是璀璨夺目、书香四溢——梁漱溟在金刚碑的勉仁文学院著了

《中国文化要义》，林语堂在缙云山的石华寺撰了《战时重庆风光》，老舍在老舍旧居写作了《四世同堂》，梁实秋在雅舍创作了《雅舍小品》……其积淀下来的书香，优雅而浓烈、绵长而持久，足以点染北碚的每一个场镇、每一条街道、每一棵梧桐树。当然，也能点染咱每一个北碚人的心！

与书香比邻，幸运！幸运之余，咱北碚人的思绪显然升华——过去做、现在做、将来更要做书香的邻居！

» 李北兰，重庆市作家协会会员。

◎丁爱全

一半是风雅，一半是市井

树是鸟儿的栖息地，花是蝴蝶的栖息地，城市是人类的栖息地。碚城不是我的故乡，却是我漂泊多年之后的栖息地。不是来所，却是归处。

十年前，我硕士毕业，报考重庆公安系统，被分到北碚工作。在此之前，从不曾知晓在祖国西南一隅有这么个锦绣小城，甚至还不太确定“北碚”这个名字的读音。多年来，我就像一只四处迁徙的鸟，南来北往，迷恋远方，终于有一天，发现了一棵可以栖身落脚的大树，从此筑巢立家，用余生安享此处独有的日出日落、春去秋来。

易中天先生在其城市散文集《读城记》中认为，城市和人一样，也是有个性的，比如北京“大气醇和”，上海“开阔雅致”，广州“生猛鲜活”，成都“悠闲洒脱”，武汉“豪爽硬朗”。至于重庆是什么性格，易中天先生没有分析。北碚作为重庆西北小城，当然也就更没有列入视野。作为一个移居此地的外乡人，我想我有义务品读一下北碚的性格。也许你会认为，这个问题，土生土长的本地人更有发言权。但我不赞成，因为性格需要用别人的眼睛审视，身在其外、若即若离，方能透彻本质。

尽管如此，北碚的性格并非一眼能看透，更非三言两语能说透。它安静而又热情，年轻而又老成，单纯而又复杂，处处透露着百变多样的魅力。在我去过的城市中，它是最独特的一个存在。走过北碚的山山水水、大街小巷，你会发现“北碚”并非只是一个地理位置，它是有灵魂的，而且还是一个复杂而有趣的灵魂。

作为一个北方人，我曾震惊于这座城市的布局，觉得它是一个独守半城山水的隐士。来碚之初，与几位友人慕名登缙云山，我对它的巍峨和苍翠没太大感觉，最惊奇的还是山与城的距离。搞不清是城在山中，还是山在城中。山，仿佛是一个误入人间的巨人，自从不小心把脚尖踏入城中，便不敢再挪步，几千年来朝朝暮暮、日夜厮守。城市不再是城市，城市成了山中的村落，每一个居民都是山中人。有一次雨后驱车从城中路过，看到云落在山谷里，山被云拦腰截断，只剩山头悬浮于城市之上，忽然觉得北碚不是一座城，而是一朵陨落世间的云。

山巧妙，水也巧妙。嘉陵江路过北碚身边时略一徘徊，依依不舍地打了一个弯。不知是山迷恋着水，还是水迷恋着山，抑或是山水都迷恋着这座城。站在岳父家窗前北望，可以看到嘉陵江水面宽阔平静，时常有远来的船只缓缓驶过。叫不上名字的水鸟，抖着长长的尾巴鸣叫，或者在沙滩上快速奔跑。垂钓者一动不动地坐在水边，不知是在垂钓水中的白云，还是在垂钓傍晚的闲暇时光。踩着鹅卵石走下去，他们身边的小桶里，一尾小鱼正在清水里调皮地游动，似乎并不知道自己已经深陷困境。

北碚得山水之妙，却并非乡野村夫。其翰墨文明之久远，文化积淀之深厚，无须借助典籍、追根寻祖便可彰显无遗。北碚城区只有巴掌大，然而在这巴掌大的地方有一所单校区面积全国最大的大学——西南大学。一所大学占据了近半个老城区。仅此一点，可以毫不谦虚地说，北碚这座城，有一半的分量是文化。我曾奇怪，这样一所以“西南”命名的大学怎么可以坐落在这么一个偏僻之地。后来我想清楚了，大学问未必在大城市诞生，城虽小，却可以容大学，这背后必然有其文化、气度和内涵上的必然性。北碚，不是穿金戴银的商贾贵胄，也不是飞黄腾达的高官政要，而是一个内敛淡泊、富有学养的文人雅士。

北碚之雅，不仅在其学养，还在其格调。城中虽非高楼大厦林立，却遍植修竹与鲜花，让整个城市有一种小家碧玉的感觉。这是一个喜欢“拈花惹草”的城市，也是一个能够“招蜂引蝶”的城市。小城有件“花衣裳”，而且一年四季都在变换颜色。尤其是四月，驱车从缙云大道走过，十里繁花夹道相迎，给人一种如梦如幻的感觉。不是那种人工铺设的地毯式鲜花，而是一株株开花的树，美得十分奢靡、极度铺张，却又浑然天成，不事雕琢。当然，也有不知名、不起眼的小花，在街边巷角安安静静地独自绽放。偶尔路过，蹲下来仔细观察，时常见到三五蝴蝶翩然起舞。让人不禁感叹，世间大美往往不在名山大川，而在被忽略的寻常之处。像所有现代化的城市一样，北碚不能在城市里养野马、养大象，却可以养花草、养蝴蝶。

当然，一个城市最重要的还是要养人。“一方水土，养一方人”，城市不是由建筑组成，而是由人组成。中国古代讲究人与自然和谐相处，现在更多的应该是人与城市和谐相处。有学者说：只有当人与城市处于一种水乳交融的状态时，城市的个性魅力才能得以发挥并且光芒四射。在有些城市，人就像鸟，天一黑就进窝，市民把灯光关在屋里，每一个亮灯的窗子背后都是一个独立的小世界。而在北碚，人就像虫，夜幕降临，才迎来众声喧哗。白天是工作时间，夜晚才是享乐时间。我不是一个很会享受生活的人，但每次行走在华灯笼罩的大街上，总能被碚城夜色的柔软和温暖所感染。

北碚，一半是风雅，一半是市井。我喜欢观察碚城里的市井风貌，那些在街边席地而坐，一边抠脚一边下象棋或者打麻将的中年大叔，那些在烧烤摊边光着膀子吆五喝六的青年小伙，都让我十分羡慕。也许这才是人间烟火，这才是世俗之乐，这才是生活应有的样子。我时常拿碚城居民与我故乡的市民比较，北方市民多的是沉稳、勤劳和责任，他们谋生活，但不享受生活；而北碚市民更多地保留了人类最初的天性，在俗世里享乐，就像鱼在水中游泳，生命没有那么多精神层面的约束。真正的幸福永远来自市井。我无法融入，但始终心向往之。

我曾怀着一种说不清的心理，观察熟睡的碚城，就像观察一个熟睡的女人。那是一个午夜，我从单位加班出来，忽然不想急着回家，就戴上耳机，听着音乐，在碚城的广场和大街上漫无目的地行走。路灯昏昏欲睡，被毛茸茸的灯光包围着。在楼与楼之间，零星情侣坐在街边条凳上低声细语，猫咪蹲坐在台阶上打望，然后又跑到黑暗的巷子里念经。城市上方的天空，云朵像鱼鳞一样奇怪，淡淡的月影在云层里进进出出。我忽然有些感动，发现碚城之夜如此可爱，处处透露着一种说不清的奇趣。

说了这么多，我忽然发现，自己对这座小城如此着迷，但着迷的原因我却始终说不清。就像爱情那样，最美的境界是暧昧，最纯粹的心动找不到理由。我唯一能说清楚的是：身安之所，心悦之地，不是故乡，胜似故乡。

» 于爱全，重庆市作家协会会员，出版儿童文学作品多部。